KB068885

적응자

적응자 6 완결

초판 1쇄 인쇄일 2015년 7월 23일 | **초판 1쇄 발행일** 2015년 7월 27일

지은이 네모리노 | **펴낸이** 곽중열 | **담당편집 팀장** 이범수
편집부 신연제 이윤아 김호성 김은경

펴낸곳 (주)조은세상 | **출판등록** 제2002-23호
주소 경기도 연천군 미산면 청정로 1355
TEL 편집부 02)587-2966 | **FAX** 02)587-2922
e-mail bukdu@comics21c.co.kr

ⓒ네모리노 2014
ISBN 979-11-5832-189-5 | ISBN 979-11-5512-764-3(set) | 값 8,000원

※잘못 만들어진 책은 바꿔 드립니다.
※저자와의 협의에 의해 인지는 생략합니다.

적응자

완 **6** 결

네모리노 현대판타지 장편소설

NEO MODERN FANTASY STORY

북두
(주)좋은세상

CONTENTS

NEO MODERN FANTASY STORY

전인지

#21. 진격(進擊) 2

NEO MODERN FANTASY STORY

적응자

#21. 진격(進擊) 2

후방부대가 습격당했다는 소식은 전투가 벌어지자마자 곧바로 선발대로 전해졌다.

그 소식을 듣자마자 유건이 하늘로 솟구쳐 올랐다. 그리고는 곧바로 후방부대가 지나간 방향을 향해 날아갔다.

쿠콰콰콰콰!

주변 대기를 가득 채운 마력들이 유건의 엄청난 힘에 밀려 무수히 많은 폭발을 일으켰다.

그가 지나간 뒤로 폭발의 여운이 길게 늘어졌다.

하늘에 펼쳐진 엄청난 광경에 선발대원들의 눈이 휘둥그레졌다.

누가 말릴 새도 없이 사라진 유건이 남긴 흔적을 바라보는 일행들의 마음이 무겁게 가라앉았다.

'아무 일 없을 거야, 괜찮을 거야. 그래야지.'

불안한 마음을 달래기 위해 지속적으로 중얼거리던 유건의 미간에 깊은 골이 패였다.

아무리 기감을 확장해 봐도 성희의 기운이 느껴지지 않았기 때문이었다.

저 멀리서 사라져가는 수많은 기운들이 생생하게 느껴졌지만 그 어디에서도 성희 기운은 감지되지 않았다.

그녀가 각성한 이능의 효과가 워낙 확실해서 일단 보호막으로 스스로를 보호하기만 하면 그 어떤 탐지 마법으로도 그 존재감을 느낄 수 없다는 걸 유건은 잘 알고 있었다.

그렇지만, 계속해서 가슴 언저리를 맴도는 불안감으로 인해 입술이 타들어가기 시작했다.

'제발….'

왠지 모를 막연한 불안감에 후방 부대와 함께 하겠다는 그녀의 의견을 반대했던 그였다.

그 불안감이 점차 현실로 다가오는 것만 같았다.

날아가는 유건의 등 뒤로 두 장의 날개가 더 펼쳐졌다. 그와 동시에 그의 신형이 눈에 보이지 않을 정도로 빠르게 쏘아져 나갔다.

성희가 마물들의 우두머리를 쓰러뜨린 직후, 그녀의 뒤에서 모습을 드러낸 더 블랙과 그를 따르는 데스 나이트들의 이질적인 기운이 유건에게 감지되었다.

'이건?!'

알 듯 말 듯 정체를 알기 힘든 무리가 갑자기 모습을 드러냈다. 무언가에 가려진 것처럼 제대로 느껴지지 않는 기운들이었다.

'대체 누구지?'

엄청난 속도로 날아가는 중임에도 불구하고 가슴이 너무 답답했다.

'느려! 젠장!'

그의 눈에 후방부대가 전투를 벌이고 있는 곳에서 솟아오른 연기들이 보이기 시작할 때 즈음.

그의 신경을 거스르게 만들었던 이질감들이 사라졌다.

마치 원래부터 그 자리에 없었다는 듯 순식간에 자취를 감춘 것이었다.

쿠우웅!

속도를 전혀 줄이지 않은 유건이 마물들 사이로 떨어져 내렸다.

그 충격파에 휩쓸린 수많은 마물들이 비명을 지르며 사방으로 튕겨져 나갔다.

"교, 교관님?"

높이 솟아오른 흙먼지가 바람에 날려 사라졌다. 그 가운데 모습을 드러낸 유건을 알아본 일급 요원 하나가 멍한 얼굴을 한 채 서있었다.

부상자들과 의무대 소속 일반 요원들을 보호하기 위해 목숨을 걸고 마물들을 막아섰던 그들의 마음속에 비로소 안도감이 찾아 왔다.

'살았다!'

그들 모두의 마음속에 동시에 떠오른 생각이었다.

아니나 다를까 유건이 등에 메고 있던 창을 꺼내 좌우로 휘두르자 수를 셀 수 없을 만큼 많았던 마물들이 순식간에 일소됐다.

목숨을 걸고 치열하게 전투를 벌이고 있던 이들이 허탈할 정도로 허무하게 느껴지는 마물들의 최후였다.

"가, 감사합니다!"

그가 보여준 놀라운 능력의 흔적을 바라보며 얼이 빠져 있던 요원 하나가 뒤늦게 유건을 향해 감사의 인사를 건넸다.

절음자6

그런 그를 향해 가볍게 손을 내저은 유건이 빠른 속도로 전장을 훑어나갔다.

'저긴가?'

그녀의 이능이 발현될 때 느껴지는 독특한 파장이 미약하게나마 대기 중에 그 흔적을 남겨놓았다.

땅을 박찬 유건이 마치 순간이동을 한 것처럼 순식간에 전장의 한쪽 구석에 모습을 드러냈다.

"어? 어?!"

그에게 말을 걸었던 요원 하나가 뭐라 더 말을 잇기도 전에 사라진 유건을 찾아 이리저리 고개를 돌려댔다.

'분명해, 조금 전 이곳에서 전투를 벌였어.'

그녀가 남긴 흔적을 발견하고는 천천히 고개를 끄덕이던 유건이 빠르게 주변을 훑어나갔다.

'이건?'

대기 중에 미약하게 남아있는 어둠의 기운이 그의 감각에 걸려들었다.

이곳 미궁을 만들어낸 태초의 마녀 릴리스 그녀의 그것과 확연하게 다른 기운이었다.

좀 더 무겁고, 차갑게 느껴지는 기운이었다.

"으득! 더 블래~액!"

그 기운을 가지고 있는 이는 그가 아는 한 더 블랙, 그자가 유일했다.

그녀의 흔적이 끊긴 곳에 남아있는 더 블랙, 그자의 기운.

이 모든 사실이 가리키는 바는 분명했다.

"으아아아아아악!"

분노한 유건이 울분을 토해내며 포효했다.

그의 엄청난 분노에 호응한 혼돈의 기운이 사방으로 줄기줄기 뻗어나갔다.

그 엄청난 힘의 파장으로 인해 미궁 전체가 진감했다.

새로운 이와 관계를 나누고 있던 태초의 마녀 릴리스의 눈이 가늘어졌다.

그녀의 곁에 늘어서 있던 수많은 마물들이 그 안에 담겨 있는 광포함을 본능적으로 깨닫고 두려움에 떨어댔다.

새롭게 손에 넣은 인형을 바라보며 만족스럽게 웃고 있던 더 블랙의 입가에 맺힌 미소가 더욱 진해졌다.

저 멀리 떨어져 있던 선발대원들도 그 엄청난 힘의 파장을 느끼며 가늘게 몸을 떨었다.

원초적인 본능을 자극하는 공포로 인해 저절로

떨려오는 몸을 감싸 안은 채 서로를 바라보았다.

"유건?"

그 힘의 주인이 유건임을 곧바로 깨달은 그의 일행들이 불안한 눈으로 서로를 쳐다보았다.

"하필이면, 스승님께서 자리를 비운 때에."

제임스가 얼굴을 와락 구긴 채 불안함에 떨고 있는 하루나의 어깨를 감싸 안았다.

"어, 어쩌죠? 제임스? 조금 전부터 성희와 연결된 통로가 끊어져 버렸어요. 그 어디서도 그녀의 기운이 느껴지지가 않아요."

철환일행들이 사라졌던 그 때와 같은 느낌이었다. 하루나가 불안감으로 인해 흔들리는 눈으로 제임스를 올려다보았다.

"스승님이 우려하던 일이 결국 현실이 되어 버렸어."

"우려라면?"

"유건의 폭주."

"아아!"

그런 두 사람을 향해 다가온 장 루이가 묵직한 저음으로 말을 건넸다.

"그가, 빠른 속도로 움직이기 시작했다."

그의 말에 정신을 차린 두 사람에게도 그 엄청난

힘을 드러낸 유건이 빠른 속도로 움직이고 있는 것
이 느껴졌다.

"마, 막아야 해요! 저대로 혼자 달려들었다가
는!"

"어떻게? 후우~ 우리가 무슨 수로 그를 막나?"

이미 동료라고 부르기에 민망할 정도로 힘의 격
차가 벌어진 그들이었다.

"아아…!"

그의 말처럼 자신들이 당장 할 수 있는 일이 없다
는 것을 깨달은 하루나가 그 자리에서 무너져 내렸
다.

그런 그녀를 부축한 제임스가 착잡한 표정으로
장 루이에게 말했다.

"선발대를 부탁한다."

"너는?"

"후우~ 그렇다고 그 녀석 혼자 보낼 수는 없잖
아. 거기다가 스승님의 당부도 있고."

"제, 제임스?"

불안한 표정으로 자신을 올려다보는 하루나를 향
해 그가 억지로 미소를 지어보였다.

"걱정 마, 위험하다 싶으면 곧바로 도망칠 테니
까."

"흑흑, 그, 그래도."

"너무 걱정하지 말고 천천히 계획대로 진행해줘. 알았지? 이들 모두를 이끌 수 있는 사람은 지금으로서는 당신뿐이니까."

"으, 응."

"그래, 곧 만나자고."

부드럽게 그녀의 머리를 쓸어내린 제임스가 곧바로 날아올랐다.

그런 그의 몸을 감싸고 있는 불꽃이 하루나의 눈동자를 가득 채웠다.

· ⋏ ·

"제법이군."

자신의 힘을 은근하게 밀어내는 투명한 막을 부드럽게 쓸어내리던 검은 머리의 사내가 흥미롭다는 듯 웃었다.

그의 눈앞에는 실오라기 하나 걸치지 않은 채 눈을 감고 있는 성희가 마네킹처럼 서있었다.

얼마 전에 완성한 데스 나이트들과 달리 이번에 손에 넣은 여인은 무의식중에 힘을 운용해 그의 마력을 거부하고 있었다.

그녀의 몸을 빈틈없이 에워싼 투명한 막이 그의 손길이 지나갈 때마다 은은한 빛을 뿜어냈다.

"과연, 언제까지 버틸 수 있을지 지켜보겠어. 후훗."

언제나 자신의 예상을 벗어나는 양상을 보여주는 존재들은 그의 흥미를 자극했다.

그 끝이 보이지 않을 만큼 긴 세월을 살아가는 자신과 같은 이에게 그들은 짓눌릴 것 같은 세월의 무게를 잠시 잊게 해주는 활력소와도 같았다.

지금 자신을 향해 곧바로 날아오고 있는 대적자와 같이.

"흐음, 어떻게 할까?"

전채 요리를 즐길 새도 없이 곧바로 메인 요리를 들이대는 건 좀 곤란했다.

"가서 막아라."

그의 말이 끝나기 무섭게 그를 따라 다니던 데스 나이트 세 구가 모습을 감췄다.

고오오오오!

엄청난 속도로 드넓은 미궁을 가로지르는 유건에게 부딪혀 폭발하는 마력의 잔재들로 인해 그의 주변으로 무수히 많은 불꽃들이 생겨났다.

머리끝까지 분노가 치밀어 올랐던 유건이 화를

가라앉히기 위해 노력했다.

그의 분노에 영향을 받은 혼돈의 기운이 내부에서 맹렬하게 들끓어 올랐기 때문이었다.

'이대로는 안 돼.'

어금니를 악다문 유건이 천천히 호흡을 조절하며 마음을 가라앉히기 시작했다.

냉철하게 현실을 직시하기 시작한 유건이 날아가던 속도를 줄이고 공중에 멈춰 섰다.

이대로 분노한 채 적을 향해 달려가는 것이 과연 잘하는 선택일까?

답은 이미 나와 있었다. 그가 이를 악다문 채 고개를 좌우로 저었다.

혼자서는 불가능하다.

그것이 유건이 지금의 자신과 적을 저울질 한 뒤 내린 결론이었다.

그녀를 구하지도 못한 채 동반 자살하고 싶은 생각은 없었다.

분노는 때로는 평소보다 더 강한 힘을 낼 수 있도록 도와주기도 하지만, 대부분 시야를 좁게 만들어 최악의 결과를 만들어내는 요인이었다.

동료들이 있는 곳을 향해 몸을 돌리려던 그의 앞을 검은 갑주를 입은 데스 나이트들이 막아섰다.

얼굴이 있어야 할 부위에는 검은 어둠이 소용돌이 치고 있어서 정체를 알아낼 수는 없었다.

유건은 그들에게서 기묘한 위화감을 느꼈다.

'뭐지?'

어딘지 모르게 그들의 모습이 친숙하게 다가왔다.

제일 앞에 서 있던 데스 나이트가 말없이 검을 꺼내 들었다.

그제야 유건은 자신이 느꼈던 묘한 위화감의 정체를 깨달을 수 있었다.

그가 꺼내든 검이 유건에게도 무척이나 친숙한 검이었기 때문이었다.

'신풍….'

그가 아는 한 저 검을 사용하는 이는 이 세상에서 철환이 유일했다.

검을 빼앗았다?

그리 생각하고 싶었지만, 영성을 가진 저 검은 자신이 인정한 주인이 아닌 다른 이에게는 자신의 진정한 모습을 보여주지 않는다.

오직 주인의 손에 있을 때만 유려한 물결무니를 가진 외날 검의 형태를 취했다.

바로 지금과 같이.

실종된 이들이 지금 적의 노리개가 되어 지금 이 자리에 나타난 것이었다.

유건은 살기조차 느껴지지 않는 데스 나이트들을 천천히 쳐다보며 깊은 한숨을 내쉬었다.

대화가 전혀 통하지 않을 거라는 것은 굳이 말을 걸어보지 않아도 충분히 알 수 있었다.

철저하게 이지를 제압당한 뒤 모종의 방법을 통해 저렇게 변했을 터였다.

그래도 한 가닥의 기대를 걸고 그를 향해 말을 걸려던 유건이 황급히 몸을 좌측으로 움직였다.

쇄애액~!

그가 서있던 곳을 세로로 가로지르고 지나가는 신풍으로 인해 주변의 대기가 비명을 질러댔다.

피한 유건의 뒤쪽으로 날아간 붉은색 검기가 바닥에 긴 고랑을 만들어냈다.

"쳇, 이지는 상실했어도 능력은 그대로다 이건가?"

연이어 물이 흐르듯 유려한 몸놀림으로 검을 날리는 데스 나이트의 공격을 피하기 위해 이리저리 몸을 움직이던 유건이 뒤쪽으로 훌쩍 물러섰다.

상대가 철환이라는 걸 알게 된 이상, 함부로 힘을 사용하는 건 자제해야 했다.

자신은 방법을 모르지만, 아나지톤이라면 그를 되돌릴 수 있는 방법을 알고 있을지도 몰랐으니까.

하지만 중요한 것은 어떻게 그를 온전한 상태로 데리고 가는가 하는 것이었다.

게다가 자신을 공격하는 이의 정체가 철환인 것으로 미루어 보아 저 뒤에 서있는 이들 또한 함께 실종된 일행들일 확률이 매우 높았다.

흘깃 뒤쪽을 쳐다보니 나머지 데스 나이트들은 나설 의사가 없는지 가만히 자리를 지키고 서있었다.

그 하나하나에게서 느껴지는 위압감이 상당했다.

'어렵군, 어려워.'

상처 없이 상대를 제압한다는 건 말처럼 그리 쉬운 일이 아니었다.

게다가 유건으로서도 섣불리 마음을 놓을 수 없을 만큼 강력한 검격을 날려대는 철환이나, 뒤에서 기세를 피어올리고 있는 이들이나 하나같이 만만한 상대가 아니었다.

'으득, 더 블랙 이 새끼가…!'

녀석을 향해 가고 있었던 자신을 막으라고 이들을 보낸 것이 분명했다.

마치 '네 일행들인데 어떻게 할래?' 라고 물어보는 것만 같았다.

⁘

투캉!

위에서 아래로 내리꽂히는 참격을 막아낸 유건의 미간이 찌푸려졌다. 창대를 타고 전해지는 충격이 가볍게 넘길만한 성질의 것이 아니었기 때문이었다.

적극적으로 공격을 할 수도, 그렇다고 마냥 수비적으로 나갈 수도 없는 답답한 상황이 계속해서 이어졌다.

처음에는 비교적 수월하게 피할 수 있었던 검격들도 시간이 지날수록 점차 정교해지기 시작했다.

지금에 와서는 피하기보다 막아내야 하는 수준에까지 이르렀다.

"정신 좀 차려요!"

답답한 마음에 터져 나온 유건의 외침은 공허한 메아리가 되어 공중으로 흩어져갔다.

잔뜩 찌푸려진 유건의 얼굴이 와락 일그러졌다.

익숙한 자세. 익숙한 기세.

철환이 온힘을 다한 일격을 날릴 때마다 느껴왔던 그것이었다.

피하기에는 두 사람의 거리가 너무 가까웠다.

"쳇!"

다급히 날개를 움직여 몸을 감싼 유건위로 날카로운 참격이 내리 꽂혔다.

"윽!"

저절로 신음소리가 새어 나올 만큼 강맹한 일격.

철환이 평소에 지니고 있었던 일반적인 그것을 훨씬 상회하는 힘이 그 안에 가득 담겨 있었다.

본능적으로 힘을 운용해 이를 비껴낸 유건이 이를 악다물고 철환임에 분명한 데스 나이트를 향해 쇄도했다.

퍼억!

유건의 주먹이 철환의 복부를 밑에서부터 꿰뚫을 듯이 밀어 올렸다.

'응?'

손에서 느껴지는 이질감에 유건이 멈칫거린 사이 허리를 편 철환이 손을 뻗어왔다.

별다른 충격을 받지 않은 듯 아무렇지 않게 다가오는 상대의 손을 피해 유건이 뒤로 몸을 날렸다.

적
으
자 6

치익.

간발의 차이로 철환의 손끝에 걸린 유건의 옷자락이 뜯겨져 나갔다.

여전히 손에 남아있는 이질적인 감각을 떠올린 유건의 얼굴이 분노로 짙게 물들었다.

익숙하면서도 낯선 그것은 바로 음차원적인 에너지였다.

어둠이라기보다는 혼돈의 그것에 한없이 가까운 에너지체가 응집되어 있음을 알 수 있었다.

반쯤은 에테르화 되어 현실과 정령의 경계에 발을 걸치고 있었다. 그런 이해불가의 상태로 그가 유건의 눈앞에 존재하고 있는 것이었다.

이는 곧 철환이라는 존재가 다시는 돌아올 수 없는 강을 건너버렸다는 것을 뜻했다.

까득!

유건의 입에서 날카로운 파열음이 흘러나왔다.

어찌나 이를 악다물었는지, 그의 입가를 타고 가늘게 핏줄기가 흘러내렸다.

"철환… 형님…."

저만치서 점점 기운을 키워나가는 데스 나이트를 바라보는 유건의 눈앞이 뿌옇게 흐려졌다.

아나지톤이라면 그를 다시금 되돌릴 수 있을 거

라 믿었다.

그런 한 가닥의 기대가 그로 하여금 눈앞의 싸움에 여지를 남겨두도록 한 것이었다.

그런데 그가 더 이상 돌아올 수 없다면?

만약, 자신이 그런 상황에 처한다면 어떻게 하고 싶을까?

고민할 필요도 없이 답은 하나였다.

전력을 다해 소멸시킨다.

의지를 일으킨 유건에 호응한 혼돈의 기운이 거세게 들불처럼 일어났다.

주변의 대기가 그의 힘과 공명하기 시작했다.

가만히 서서 구경만 하고 있던 나머지 데스 나이트 들이 철환의 주변으로 몰려들었다.

유건의 등 뒤로 이글거리는 형상의 날개 네 장이 활짝 펴졌다.

여느 때보다 더 크고 화려한 그 날개 주변으로 일그러진 미궁내의 대기가 사납게 소용돌이쳤다.

자연스럽게 신창 롱기누스를 꺼내든 유건이 전면을 바라보았다.

자신이 일으킨 기운에 대항하기라도 하듯이 엄청난 기세를 뿜어내고 있는 데스 나이트들이 눈에 들어왔다.

이대로 그들의 존재 자체를 소멸시킬 수는 없었다.

경계에 갇혀 있는 그들을 다시금 원래의 상태로 되돌려놓아야만 했다. 비록 그 결과가 죽음 직전의 상태라고 할지라도.

창대를 들고 전면을 바라보는 유건의 눈이 가늘어졌다.

그의 눈에 세상의 저편과의 경계에 맞닿아 있는 그들의 본질이 보이기 시작했다.

단 번에 그 연결 고리를 끊는다!

분명 그 충격의 여파는 상당해서 결코 회생할 수는 없을 터였다.

그럼에도 불구하고, 유건은 그렇게 해야 한다는 것을 스스로에게 끊임없이 되뇌었다.

자신이 지닌 힘은 소멸의 권능을 가지고 있었다.

자칫 잘못했다가는 그들의 존재 그 자체를 지워버릴 수도 있었다.

유건의 이마를 따라 흘러내린 땀방울이 턱 끝에 애처롭게 매달렸다.

툭.

땀방울이 바닥을 향해 떨어져 내리는 그 순간.

유건이 전면을 향해 폭사했다.

자연스럽게 흩어진 데스 나이트들이 각기 호응하며 유건의 기세를 밀어내기 시작했다.

공격력에서 만큼은 타의 추종을 불허하는 유건의 돌격이 수없이 중첩되어 전면을 막아서는 에너지의 흐름에 밀려 서서히 느려졌다.

두 번에 걸친 각성을 통해 어지간 일에는 눈 하나 깜짝하지 않게 된 유건조차 무척이나 놀랐다.

결코 자신의 힘이 모자라거나 한 것이 아니었다. 그저 그들이 뿜어내는 힘의 규모 자체가 터무니없이 컸던 것 뿐.

음차원의 에너지를 이론상으로는 무한정 가져다 사용할 수 있다는 데스 나이트의 진면목이 드러나는 순간이었다.

몸 자체가 기본적인 물질계의 한계를 뛰어넘어 있는 데스 나이트 이기에 구현해 낼 수 있는 놀라운 사역이었다.

"큭!"

전력을 다해 이를 뚫어내려던 유건의 입에서 신음소리가 새어나왔다.

결국 그 무형의 방벽을 뚫지 못한 유건이 방향을 바꿔 위로 솟구쳤다.

그런 그를 향해 철환이 검을 집어 던졌다. 그리고

그를 따라 나머지 데스 나이트 들이 솟구쳐 올랐다.

빠르게 쇄도하는 날카로운 기운을 느낀 유건이 창대를 휘둘러 검을 튕겨냈다.

그리고 그의 뒤를 따르던 데스 나이트들이 그 찰나 드러난 틈을 파고들었다.

쩌엉!

자연스럽게 휘감아 들어오는 날개와 부딪힌 그들의 주먹에서 불꽃이 일어났다.

그리고 그 작은 틈바구니를 파고드는 강렬한 기운!

퍼어억!

이마를 강타하는 무언가로 인해 유건의 고개가 뒤로 확 젖혀졌다.

그 뒤를 이어 무수히 많은 붉은 빛 광채가 사방에서 다양한 움직임을 보이며 날아들었다.

파파파팍!

첫 일격을 제외한 나머지 모든 공격들은 유건의 날개에 가로막혔다.

'저긴가?'

저릿한 이마의 통증으로 인해 인상을 찌푸린 유건이 한쪽 구석을 향해 혼돈의 파편을 날려 보냈다.

퍼억!

아무것도 없는 공중에서 폭발하듯 터져나간 혼돈의 파편으로 인해 주변의 모습이 이지러졌다.

그 사이로 마치 신기루처럼 일렁거리는 공간속에서 숨어 있던 데스 나이트의 모습이 언 듯 드러났다가 사라졌다.

자연스럽게 몸 주변을 돌며 몸을 보호하는 혼돈의 기운이 없었다면 그대로 머리가 날아갔을 정도로 강력한 일격이었다.

'볼코프로군….'

어느새 모습을 감춘 그가 이전 보다 한층 더 강력해진 저격 능력으로 유건을 공격한 것이었다.

바닥으로 내려선 유건을 데스 나이트들이 철환을 중심으로 둘러쌌다.

그들 중 두 명이 몸이 터질 듯이 부풀어 오르는가 싶더니 괴이한 형태로 변이했다.

그들에게서 느껴지는 익숙한 기운.

마치 잃어버린 형제를 만난 것 같은 묘한 위화감이 느껴졌다.

'마틴과 캐빈인가?'

유건의 세포를 기반으로 한 그들이었기에 변이된 모습이 이전에 그가 폭주했을 당시 보여주었던 그것과 무척이나 흡사했다.

절름자 6

마치 검은 갑주를 뒤집어 쓴 거대한 기사의 모습 같았다.

그들에게서 뿜어져 나오는 기세도 대단했지만, 여전히 압도적으로 뛰어난 것은 가운데 서서 검을 들고 있는 철환이었다.

그리고 보이지는 않지만 어딘가에 숨어서 줄 곳 자신을 노리고 있는 볼코프까지.

가상의 공간에서 상대했던 그들과는 판이하게 달라진 모습으로 대면한 이 순간이 무척이나 가슴 아픈 유건이었다.

아무런 감정조차 느껴지지 않는 그들의 모습을 바라보는 것만으로도 가슴이 바늘로 찌르는 것처럼 욱신거렸다.

아무렇지도 않게 지내왔다고 생각했었는데 생각보다 정이 깊이 들어 있었다는 걸 새삼스럽게 확인할 수 있었다.

'지켜주지 못해서 미안합니다.'

그들을 향해 고개를 숙인 유건의 얼굴에서 뜨거운 한줄기 눈물이 흘러내렸다.

그 틈을 노리고 좌우에서 달려든 변이된 데스 나이트들이 달려들 때보다 더 빠른 속도로 튕겨져 나갔다.

고개를 든 유건의 얼굴에서 더 이상 미련을 찾아볼 수 없었다.

그의 등 뒤에서 열 두 장의 날개가 활짝 펼쳐졌다.

전면을 가리키는 창대를 타고 검붉은 기운이 넘실거렸다.

창대를 둘러싸고 휘몰아치는 불기둥이 마치 한 마리의 화룡처럼 사방을 향해 으르렁 거렸다.

고대 마도시대를 대표하는 마도기 신창 롱기누스와 심연의 불꽃 이프리트와의 조합이 엄청난 힘을 발휘했다.

그 엄청난 힘의 여파에 데스 나이트 들이 주춤거리며 뒤로 물러섰다.

두려움을 모르는 존재이긴 했지만, 너무나도 거대한 힘의 발현에 자신도 모르게 물러선 것이었다.

콰아앙!

지금까지와 달리 본격적으로 힘을 발현하기 시작한 유건의 모습에 위기감을 느낀 그들의 마음을 대변하기라도 하듯 거대한 마력을 가득 머금은 마탄이 유건을 향해 날아들었다.

날개에 가로막힌 마탄이 붉은 불꽃을 흩날리며 사방으로 흩어졌다.

뒤이어 연달아 날아든 마탄들이 기이한 곡선을 그려가며 유건의 전신을 노렸다.

"홍!"

유건이 창대를 들어 바닥을 내리 찍자 사방으로 퍼져나간 이프리트의 불꽃이 날아드는 마탄들을 모조리 삼켜버렸다.

이를 신호로 사방에서 데스 나이트들이 유건을 향해 날아들었다.

가장먼저 정면에서 온 힘을 담은 참격을 날린 철환이 곧이어 몸을 날렸다.

동시에 세 명의 공격의 틈바구니를 메우기라도 하듯이 셀 수 없이 많은 마탄들이 날아들었다.

수없이 동작을 맞추기라도 한 것처럼 빈틈없이 맞물려 돌아가는 합공이었다.

한껏 몸을 웅크렸던 유건이 몸을 활짝 폈다.

그와 동시에 그의 등에서 돋아난 열두 장의 날개가 사방을 향해 그 힘을 뿜어냈다.

혼돈의 기운이 한없이 응축된 날개의 파편들이 괴이화를 이룬 데스 나이트들의 몸을 수없이 두들겼다.

그 여파로 인해 그들이 주춤거리는 사이 유건의 신형이 사라졌다.

"!?"

저 멀리 몸을 숨긴 채 마탄을 날려대던 데스 나이트가 사라진 유건의 자취를 쫓기 위해 몸을 일으켰다.

그 순간 그의 머리 위에서 유건의 음성이 들려왔다.

"늦었어."

데스 나이트의 고개가 위로 들리는 순간 소름끼치는 절삭음이 울려 퍼졌다.

서걱.

그와 동시에 바닥을 나뒹구는 데스 나이트의 머리.

피가 솟구친다거나 하는 그로테스크한 장면은 연출되지 않았다.

그저 잘려나간 부분에서 검은 연기 같은 기운이 뿜어져 나왔을 뿐.

그러나 데스 나이트라는 이름에 걸맞게 녀석은 머리가 잘려 나갔음에도 불구하고 유건을 향해 달려들었다.

데스 나이트의 근간을 이루는 핵을 파괴하지 않는 이상 놈들의 행동을 멈춘다는 것은 거의 불가능했다.

"그렇단 말이지?"

쉴 새 없이 몸 내부를 돌아다니는 작은 핵을 찾아내기란 결코 쉬운 일이 아니었다.

애초에 그 핵의 존재 자체를 파악하고 있었던 유건이었지만, 그런 그에게 있어서도 난해한 일임에는 틀림없었다.

'어차피 모조리 부숴버리면 될 일.'

목이 없는 상태로 달려드는 상대를 멀리 차낸 유건이 저만치서 달려오고 있는 날카로운 기운을 느끼며 창대를 끌어당겼다.

때마침 돌아다니던 핵이 녀석의 오른쪽 다리로 향하는 것이 느껴졌다.

마치 쏘아진 탄환처럼 날아든 유건의 창이 녀석의 오른쪽 다리 그 자체를 소멸시켜버렸다.

"끄어어어어어."

오른쪽 다리와 함께 날아간 핵으로 인해 그 존재의 구심점이 사라진 데스 나이트의 입에서 기묘한 소리가 흘러나왔다.

그의 얼굴 부위를 감싸고 있던 검은 연기가 빠져나가며 창백한 볼코프의 본래 얼굴이 드러났다.

'!'

그의 얼굴을 보자마자 굳게 다잡았던 유건의 마음에 금이 가기 시작했다.

그 작은 틈을 노리고 철환의 검이 유건의 허리를
가르고 지나갔다.

서걱.

이곳에 들어온 이후 처음으로 그의 몸에 상처가
났다. 제법 길게 베인 옆구리에서 붉은 핏물이 흘러
내렸다.

불로 데인 것 같은 화끈한 통증에 인상을 찌푸렸
던 유건이 제 이격을 날리기 위해 다음 동작으로 접
어든 철환의 몸을 튕겨냈다.

그리고 여느 때와 같이 유건의 상처가 순식간에
아물었다.

최근 들어 상처를 입은 적이 없었기에 잠시 잊었
던 그의 놀라운 회복력이 빛을 발하는 순간이었다.

상처의 고통과 별개로 유건의 미간이 찌푸려졌다.

핵이 파괴당해 존재의 근간이 흔들리고 있었던
볼코프의 몸에 손을 댄 다른 데스 나이트가 음차원
의 에너지를 잔뜩 주입해 원래의 모습으로 되돌려
놓았기 때문이었다.

본질을 꿰뚫어보는 유건의 눈이 볼코프의 얼굴을
가린 어둠을 꿰뚫고 그의 초점 없는 눈동자를 직시
했다.

"후우~"

창대를 늘어뜨린 채 깊은 숨을 내뱉은 유건을 위로하기라도 하듯 이프리트의 불꽃이 그의 얼굴 주위를 부드럽게 맴돌았다.

그런 그의 앞에 총 네 기의 데스 나이트들이 늘어섰다. 잠시간의 격돌이긴 했지만, 상대가 결코 만만치 않다는 것을 느낀 듯 처음과 달리 기세를 계속해서 키워나가고 있었다.

얼핏 봐도 전력을 다하려는 상대의 의지가 전해질 정도였다.

이론상으로는 무한대로 제공되는 음차원의 에너지로 인해 지칠 일도 없고 어지간한 상처는 모두 수복해버리는 데스 나이트들이었다.

다만 그 완성도에 따라 차이가 있을 뿐이었는데, 이번에 더 블랙이 만들어낸 데스 나이트는 재료로 사용된 이들의 능력이 워낙 탁월했기에 그 완성도가 무척 높았다.

그 증거가 조금 전 핵이 파괴되었음에도 불구하고 다시금 원래의 상태로 돌아가 버린, 볼코프를 기반으로 만들어진 데스 나이트였다.

유건의 등 뒤에 펼쳐져 있던 날개들이 서서히 줄어드는가 싶더니 이내 그의 몸 전체를 감싸기 시작했다.

잠시 후.

번들거리는 흑갑주를 갖춰 입은 유건이 두 눈만 드러낸 채로 자세를 가다듬었다.

데스 나이트들의 검붉은 갑주와 대비를 이루는 유건의 모습은 고대의 전설에서 자주 등장하는 흑기사의 모습 그대로였다.

그가 신창 롱기누스를 들어 전면을 겨누자 이프리트의 불꽃이 자연스럽게 그 창대를 휘감았다.

불타는 창대를 거머쥔 흑기사가 전면으로 폭사했다.

터엉!

그들의 지척에 도달한 유건이 강하게 진각을 밟았다. 그리고 그 힘을 이용해 세차게 창을 내질렀다.

소용돌이치는 창의 흐름을 따라 불꽃이 화려하게 비산했다.

그 어떤 기교도 섞여 있지 않은 단순한 내지름.

그 한 수를 통해 유건은 네 기의 데스 나이트를 모조리 무력화 시켰다.

이프리트의 불꽃에 휩싸인 데스 나이트가 한쪽 구석에 처박힌 채 괴로운 듯 바닥을 뒹굴었다.

다른 두 녀석은 갑주를 갉아먹고 있는 혼돈의 기

운을 떨쳐내기 위해 괴로워했다.

그들과 달리 유건의 창대에 꿰뚫린 마지막 녀석은 몸을 빼내기 위해 거칠게 바동거렸다.

그의 얼굴을 가리고 있는 어둠의 장막 뒤편에 자리한 익숙한 얼굴을 바라보며 유건이 조용히 말했다.

"잘…가요."

조금 전까지만 해도 생명은 구하지 못할지언정, 그들의 본질적인 존재 그 자체는 구해낼 수 있으리라 여겼었다.

소멸의 힘인 혼돈을 다루는 그였기에, 다른 마물들과 다른 동료들을 향해 이 소멸의 권능을 행하는 것이 망설여질 수밖에 없었다.

그러나 분하지만 인정하지 않을 수 없다는 것을 깨달았다.

이미 그들이 돌아오기엔 너무 먼 강을 건너버렸다는 것을…

유건이 가늘게 떨리고 있는 창대에 혼돈의 힘을 불어넣었다. 데스 나이트가 본능적으로 위기감을 느꼈는지 그곳에서 벗어나기 위해 격하게 몸을 흔들어대며 괴성을 질렀다.

"끄어어어어어!"

뭉클 뭉클 피어오르는 음차원의 에너지들이 유건의 창대로 밀려들었지만, 그 창의 정체는 신창 롱기누스. 그 어떤 에너지도 흡수해 자신의 것으로 만들어버리고 마는 궁극의 마도기였다.

유건의 혼돈의 힘조차 게걸스럽게 먹어 치웠던 녀석이 음차원의 에너지에 흔들릴 턱이 없었다.

마치 이게 웬 떡이냐는 듯이 그 에너지들조차 남김없이 빨아들이던 롱기누스의 창대가 거칠게 떨려댔다.

창대로 밀려든 음차원의 에너지가 유건이 불어넣은 혼돈의 힘에 먹혀 흔적조차 없이 사라져버린 것처럼, 창대에 꿰뚫린 채 몸부림치던 데스 나이트의 몸이 산산이 부서지며 흩어져가기 시작했다.

마치 수백 년에 걸친 풍화의 과정이 단숨에 이루어지기라도 한 것처럼 그의 몸 전체가 먼지로 화해 흩날려갔다.

게다가 그런 그를 회복시키기 위해 음차원의 에너지를 주입시켜줄 다른 데스 나이트들은 조금 전의 충격에서 완전히 벗어나지 못한 상태였다.

남김없이 먹혀버린 음차원의 에너지로 인해 그의 얼굴을 가리고 있던 어둠이 사라졌다.

익숙한 얼굴, 한때 자신의 목표이기도 했던 사내

의 고집스러워 보이는 얼굴이 훤히 드러났다.

그의 얼굴이 산산이 흩어지기 직전, 유건은 그의
초점 없던 눈동자에 빛이 서린 순간을 놓치지 않았
다.

'고맙다…'

그 순간 마치 환청과도 같은 철환의 목소리가 유
건의 귓가를 스쳐지나갔다.

동시에 유건의 눈가에 맺혀있던 눈물이 방울져
흘러내렸다.

동료의 소멸에 분개하기라도 한 것일까?

조금 전의 충격에서 채 벗어나지 못하고 있었던
데스 나이트들이 듣기 곤욕스러운 괴성을 질러가며
유건을 향해 쇄도했다.

처음이 어려울 뿐, 이미 손을 쓴 이상 더 이상 그
들은 유건에게 있어서 그리 어려운 상대들이 아니
었다.

철환을 소멸시킴으로서 미련의 끈을 끊어버린 유
건이 일격에 하나씩 데스 나이트들을 소멸시켜버렸
다.

마지막으로 괴성을 질러가며 사라져가는 볼코프
의 모습을 무심한 표정으로 바라보고 있던 유건이
빈 허공을 향해 창을 집어 던졌다.

창대가 지나간 자리.

마치 공간을 베어내기라도 한 것처럼 길게 이어진 틈 사이로 비릿하게 웃고 있는 검은 머리 사내의 모습이 언뜻 비쳤다.

"조금만 기다려라. 그 웃고 있는 낯짝을 짓이겨줄 테니까."

"기대하지…."

그 말을 끝으로 공간이 닫히며 그 사내의 모습이 시야에서 사라졌다.

"후우…."

창대를 길게 늘어뜨린 유건이 한숨을 내쉬었다.

스스로의 손으로 동료들의 존재를 지워버렸다는 무거운 사실을 깊은 한숨 속에 담아 내보내기라도 하려는 것 같았다.

"너, 너 이 자식, 대…대체 뭘 한거야?"

그런 그의 귓가에 잔뜩 떨리는 목소리가 들려왔다.

고개를 돌리자 복잡한 표정을 한 채 자신을 향해 다가오는 제임스의 모습이 들어왔다.

"보시는 그대로입니다."

그가 자신과 데스 나이트로 화한 옛 동료들과의 싸움을 지켜보고 있었다는 것쯤은 진즉에 파악하고 있었다.

"이 새끼야! 내가 그걸 몰라서 묻는 줄 알아?!"

가까이 다가온 제임스가 유건의 멱살을 잡고 끌어당기며 으르렁거렸다.

그의 붉게 충혈 된 눈에 눈물이 한 가득 고여 있었다.

사실 처음 그가 이곳에 도착했을 때까지만 해도, 유건이 상대하고 있는 적들을 관찰하며 편안하게 구경하려는 마음뿐이었다.

그가 경험한 유건의 강함은 저 정도 능력을 지닌 적들로 막아낼 수 있는 정도가 아니었으니까.

하지만, 그런 그의 생각을 지닌 채 편안한 표정으로 싸움을 지켜보던 그의 얼굴은 이내 경악으로 물들고야 말았다.

적의 얼굴을 가리고 있던 어둠이 걷힌 순간 드러난 친우의 얼굴을 확인했기 때문이었다.

그제야 그는 유건이 싸우고 있는 이들이 실종된 친우와 그를 따라나선 동료들이었다는 것을 깨달을 수 있었다.

'대체, 이게 무슨?'

그렇게 그가 작금의 상황을 이해하기 위해 애를 쓰고 있던 사이, 유건의 손에 의해 자신의 친우인 철환은 물론이거니와 모든 이들이 소멸되고 만 것이었다.

그로서는 말릴 새도 없었다. 전광석화 같은 유건의 움직임의 끝에 남은 것은 먼지가 되어 흩어져가는 친우의 마지막 모습뿐이었다.

믿어지지 않는 현 상황을 이해하기 위해 잠시 멍하니 서있던 제임스가 이내 폭발하기 직전의 표정을 한 채 바닥으로 내려선 유건을 향해 천천히 걸어갔다.

"저로서도 어쩔 수 없었습니다."

"그걸 말이라고 하냐고!"

퍼억!

결국 참지 못한 제임스가 유건의 얼굴을 향해 주먹을 내질렀다.

아무런 이능을 담지 않은 단순한 주먹질.

아프지 않아야 정상일 그 주먹이 너무나도 가슴 아프게 다가왔다.

"죄송합니다."

"죄, 죄송하면 다냐! 구했어야지! 무슨 수를 써서라도 구했어야지! 너, 너라면… 할 수 있었을 거 아니냐. 적어도 너라면… 이 새끼야. 크흐흐흑."

유건을 향해 울분을 토해내던 그가 결국 참지 못

한 채 그 자리에서 무너져 내리고 말았다.

그라고 해서 어찌 모를까? 유건이 할 수 없는 일이었다면 그 누가 그 자리에 있었다고 할지라도 불가능했을 거라는 사실을.

하지만, 살다보면 머리로는 이해가 되도 가슴으로는 도저히 받아들일 수 없는 일들이 있는 법이었다.

바닥에 무릎을 꿇은 채 오열하고 있는 제임스의 모습을 차마 쳐다볼 수 없었던 유건이 하늘을 바라본 채 계속해서 같은 말만 되뇌었다.

'죄송합니다… 죄송합니다.'

공중을 떠다니는 마력 덩어리들로 인해 검붉은 색을 띠고 있는 미궁의 하늘이 뿌옇게 흐려졌다.

· ☀ ·

바닥에 아무렇게나 주저앉은 두 사람의 곁을 제법 쌀쌀하게 느껴지는 바람이 스쳐지나갔다.

"도저히 방법이 없었던 거냐?"

"네."

유건의 대답을 들은 제임스가 깊은 한숨을 토해냈다.

"후우… 네가 그렇다면 그런 거겠지."

아무리 숨을 내뱉어도 그의 가슴을 짓누르고 있는 무언가가 사라지지 않았다.

"가자."

엉덩이를 털고 일어선 제임스가 말했다.

의아한 얼굴로 그런 그를 올려다보는 유건을 향해 제임스가 냉혹한 표정을 한 채 말했다.

"복수해줘야지. 그리고 성희도 되찾고 말이지."

"아…아!"

그제야 자신이 성희를 잠시 잊고 있었음을 깨달은 유건이 튕기듯 몸을 일으켰다.

"무슨 짓을 한 건진 잘 모르겠지만, 성희마저 저런 꼴이 되도록 놔둘 수는 없잖아."

"물론입니다."

"그전에 다른 이들과 합류부터 하자."

"하지만…."

그의 어깨를 짚은 제임스가 흔들리는 유건의 눈을 마주 바라보며 말했다.

"그럼, 혼자 가서 개죽음이나 당할래? 그게 네가 바라는 거냐?"

"……."

"같이 가자, 내가! 그리고 우리가 네 앞길을 열어

주마."

"네, 알겠습니다."

"그래."

한참 만에 흘러나온 유건의 대답에 제임스가 억지로 웃으며 그의 어깨를 두드렸다.

일행들이 있는 곳으로 날아오른 유건이 이를 악다물며 더 블랙 그자가 있는 방향을 바라보았다.

'미안, 조금 늦을 것 같아. 그래도 꼭 데리러 갈게'

그 순간, 무의식중에 힘을 운용해 더 블랙의 마력을 밀어내고 있던 성희의 감긴 눈가를 타고 한줄기 눈물이 흘러내렸다.

#22. 결착(結着)

NEO MODERN FANTASY STORY

적응자

#22. 결착(結着)

주변의 풍광과 자연스럽게 어우러지는 고풍스러운 저택.

마치 중세시대 때의 성을 연상시키는 그 거대한 저택의 벽을 타고 오랜 세월 자라난 덩굴들이 이리저리 뒤엉킨 채 지나가는 바람을 타고 흔들거리고 있었다.

한손에 반쯤 담겨있는 와인잔을 들고 창밖을 바라보고 있던 노년의 사내의 눈이 밑으로 향했다.

"으음…."

믿기 힘들다는 듯 미간을 잔뜩 찌푸린 그의 입에서 침음성이 흘러나왔다.

그의 오른손가락에 끼워져 있던 반지위에 달려있는 푸른색 보석에 금이 갔기 때문이었다.

신비한 분위기를 자아내던 영롱한 빛도 죽어버린 채였다.

'마틴….'

그와 거의 동시에 문이 열리며 외눈박이 안경을 쓴 집사가 다급한 표정으로 들어섰다.

"주, 주인님. 도련님께서…."

"알고 있네."

"어, 어찌 이런 일이…."

고대로부터 전해져 내려온 비술로 인해 그 어떤 순간에도 죽음만은 면할 수 있는 가문의 직계가 사망한 것이었다.

그 믿어지지 않는 현실에 망연자실한 얼굴로 서있는 집사의 어깨를 노년의 사내가 가볍게 두드렸다.

"거기까지가 녀석의 한계였던 게지."

"하지만, 어르신…."

거의 울 것 같은 얼굴을 하고 있는 집사를 쳐다보는 노년의 사내의 눈에 붉은 광망이 피어올랐다.

"대신! 복수는 해줘야겠지. 그게 누구든! 어떤 존재든지! 살아있다는 걸 후회하게 만들어주겠다!"

으르렁거리듯 한자 한자 힘주어 말하는 사내의

몸에서 인간의 그것이라고는 도저히 믿을 수 없는 힘이 뿜어져 나왔다.

고대 마도의 시대를 좌지우지하다시피 하던 가문의 수장이자, 마도의 비의를 가장 많이 깨우쳤다고 알려져 있던 숨은 거인이 다시금 수면위로 모습을 드러내는 순간이었다.

그 다음날.

미국을 포함한 전 세계의 유명 인사들이 대거 모습을 감추는 일이 벌어졌다.

각 정계, 재계를 포함해, 이름만 대면 알정도로 유명한 인사들의 실종 소식에 수많은 방송 매체들이 각가지 추측 기사를 내보내며 인터넷을 비롯한 각종 매체들을 달구기 시작했다.

그런 세상의 소란과 상관없이, 사라졌다고 알려진 그들 모두가 미궁의 입구에 하나 둘씩 모습을 드러냈다.

"모두 모였습니다. 어르신."

"으음. 그래? 그럼 들어가지."

아나지톤의 의도적인 방임 하에 입구가 닫혀버린 미궁은 처음과 달리 노골적으로 자신에게 다가오는 이들을 향해 으르렁거리듯 물결쳤다.

"건방진!"

자신의 주인을 향해 적의를 드러내는 미궁의 입구를 향해 성큼 다가선 집사가 한손을 내밀고 주문을 영창했다.

그러자 눈부신 빛과 함께 공중에 여러 가지 마법 문양이 나타나 세 겹으로 뭉쳐졌다.

그와 동시에 미궁의 입구가 강한 힘에 의해 억지로 벌어지기라도 하듯이 듣기 힘든 소리를 내가며 조금씩 열리기 시작했다.

이내 사람 두셋이 한꺼번에 들어가도 될 정도로 입구가 확장되었다.

"들어가시죠."

"그래."

성큼 발을 내딛는 노년의 사내를 필두로 수많은 이들이 그 입구를 향해 걸음을 옮겼다.

·   ✦   ·

"아아…."

쉬지 않고 관계를 가지던 태초의 마녀 릴리스의 입에서 열락에 들뜬 신음소리가 흘러나왔다.

누워있는 이름 모를 사내의 위에 올라타 역동적

으로 움직이던 그녀의 몸이 순간 멈칫거렸다.

"대체 누가?"

아나지톤이 일부러 방치하긴 했지만, 미궁의 입구를 굳게 닫아버린 것은 태초의 마녀 릴리스, 바로 그녀 스스로의 판단이었다.

그런데 그런 그녀의 허락도 없이 일단의 무리가 미궁 안으로 난입했다.

그 막대한 존재감은 멀리 떨어져 있는 그녀에게 생생하게 전해질 정도였다.

흠칫.

그 순간 그녀는 뇌리를 스쳐가는 불길한 사내의 얼굴을 떠올렸다.

자신이 가장 두려워하면서도 경외했던 사내.

인간으로 태어났음에도 불구하고 마도의 비의를 수도 없이 깨우쳐 신의 반열에 올랐다고 칭송받던 그자.

인간에게 불을 가져다 준 신화적 인물로만 알려져 있던 진정한 인류 최고의 대마도사. 바로 프로메테우스였다.

알몸을 가릴 생각도 하지 않은 채 벌떡 일어선 그녀가 곧바로 자신의 처소를 나섰다.

그런 그녀를 따라 그간 탄생한 수많은 마물들이 밖으로 나왔다.

어느덧 이름을 부여받은 마물들의 숫자만 해도 수십을 넘어서 있었다.

그중에서 가장 강한 능력을 자각한 능욕의 마녀 할리퀸이 조심스럽게 앞으로 나서서 자신이 걸치고 있던 옷을 릴리스에게 건넸다.

"고맙구나."

한없이 부드러운 미소로 할리퀸의 머리를 쓰다듬은 릴리스가 먼 곳을 향해 시선을 던졌다.

"이 또한 운명의 장난인건가요? 프로메테우스?"

그녀의 말을 듣기라도 한 것일까?

미궁 안으로 발을 내디딘 노년의 사내가 믿기 힘들다는 얼굴로 조용히 읊조렸다.

"릴리스 당신인가?"

많은 의미가 담긴 눈으로 먼 곳을 바라보던 사내가 가볍게 손을 떨쳤다.

"이 곳에 존재하는 모든 것들을 지워버린다."

"그렇다 하심은?"

이곳에 이미 들어와 있는 수많은 인간들이 있음을 넌지시 알린 집사를 향해 노년의 사내, 과거 프로메테우스라고 불렸던 테세우스가 서늘한 미소를 지으며 답했다.

"모든 것을 지워버린다고 했다."

흠칫.

그의 몸에서 뿜어져 나온 흉포한 기세에 잠자코 뒤에 도열하고 있던 이들이 동시에 몸을 떨어댔다.

"명을 받듭니다."

고개를 숙이며 답한 집사의 입고리가 위로 올라갔다. 이를 드러내며 웃는 그와 마찬가지로 뒤에 도열해 있던 이들의 표정이 살벌하게 변했다.

주인의 낙인 덕분에 필멸자의 인과 고리를 끊어낸 그들이었다.

적게는 백여 년에서 길게는 천여 년의 세월을 살아온 그들에게 있어서 주인의 명은 절대적인 언령(言令)과도 같았다.

동시에 엄청난 기세가 그들로부터 뿜어져 나왔다. 하늘을 붉게 물들이고 있던 릴리스의 마력이 송두리째 밀려나갔다.

"전진!"

집사의 우렁찬 외침을 따라 모든 이들이 전면을 향해 폭사했다.

새롭게 나타난 변수로 인해 미궁 안에서의 싸움의 향방이 예측 불가한 흐름을 타기 시작했다.

"재미있군, 재미있어."

자신의 마력을 차단한 채 저항하고 있는 여인의 모습을 바라보며 술잔을 기울이던 더 블랙의 입에서 기분 좋은 소리가 울려나왔다.

그의 입에서 나온 말처럼 그는 이곳에 오기를 정말 잘했다고 느끼고 있었다.

예측 불가능한 일들이 연이어 터져 나오며 그의 유희를 반겨주고 있었다.

"이렇게 클라이맥스를 향해 치달아야 진정한 명곡이지. 후후후후."

차원의 연결이 끊어짐으로 인해 힘의 제약을 떠안게 된 그였기에, 자신의 그것과 비교해 봐도 전혀 뒤지지 않을 만큼의 힘을 지닌 존재들의 연이은 등장에 진정한 희열을 느끼고 있었다.

예측 가능한 세계란 그 얼마나 지루한가?

모든 드래곤들이 대부분의 시간을 잠을 자며 보내는 데에는 다 그럴만한 이유가 있었다.

그것은 단순한 잠이 아닌 망각의 축복을 허락받지 못한 존재로서 스스로가 스스로를 파괴하는 일을 방지하기 위해 취하는 최적의 수단이었다.

적응자6

유희를 떠나더라도 끝이 빤히 보이는 것들어 대
부분이라, 그간 그가 경험해왔던 그 어떤 유희도 지
금과 같은 짜릿함과 스릴을 선사해주지는 못했다.

　"좋군, 아주 좋아. 크크크크."

　깊은 심처에 앉은 채 온 몸으로 전해져오는 희열
에 가늘게 몸을 떨어댄 더 블랙이 만족스러운 웃음
을 터트리며 잔을 들어 입으로 가져갔다.

　　　　　　　・　✦　・

　"으음?"

　제임스와 함께 동료들과 합류하기 위해 이동하던
유건이 갑자기 나타난 의문의 힘을 느끼고는 뒤를
돌아보았다.

　"왜? 무슨 일이야?"

　제임스가 그런 유건을 향해 물었다.

　"아, 아닙니다."

　"싱겁긴. 어서 가자고, 다들 기다리고 있을 테
니."

　"네."

　다시 한 번 뒤를 흘깃 쳐다 본 유건이 고개를 갸
웃거렸다.

그간 미궁 내에서 한 번도 느껴보지 못했던 힘의 파장이었기 때문이었다.

'외부에서 들어왔을 리는 없을 텐데, 대체 누구지?'

그의 염려와 달리 다행히 그들은 자신들이 향하고 있는 동료들과 다른 방향으로 빠르게 움직이기 시작했다.

쿠와아아앙!

엄청난 폭음과 함께 어지러운 소음들이 그런 유건의 귓가를 간질였다.

그제야 자신이 향하고 있는 방향에서 전투가 벌어졌음을 깨달은 유건이 한층 속도를 높였다.

"대열을 유지하라! 절대 진형에서 떨어지지 마!"

사방에서 새까맣게 몰려드는 몬스터들을 상대로 고군분투하고 있는 이들의 모습이 유건의 눈에 들어오기 시작했다.

주변을 두리번거리며 누군가를 찾던 제임스가 한 곳을 향해 거의 수직으로 떨어져 내렸다.

"하압!"

그의 몸 주변으로 피어오른 불길이 거세게 회오리치며 거대한 불기둥을 만들어냈다.

마치 하늘에서 불비가 내리는 것 같은 놀라운 현

상에 위를 올려다본 하루나의 얼굴에 환한 미소가
맺혔다.

"제임스!"

"하루나!"

엄청난 힘을 발휘해 주변을 가득 에워싸고 있던
몬스터들을 일소해버린 제임스가 곧바로 하루나의
허리를 감싸 안았다.

"어머!"

"하하하하, 나 보고 싶었어?"

그런 그의 너스레가 그리 싫지는 않은 지 얼굴을
붉힌 그녀가 가만히 손을 뻗어 그의 옆구리를 꼬집
었다.

"끄아아아. 왜, 왜 그래?"

"주변을 좀 둘러봐요."

눈을 흘기는 그녀의 표정을 통해 뭔가를 깨달은
그가 그제야 주변의 둘러보며 어색하게 웃었다.

치열하게 전투를 벌이느라 엉망이 된 동료들이
멍한 얼굴로 그런 두 사람을 바라보고 있었기 때문
이었다.

"애정 행각은 단 둘이 있을 때 하는 게 어떤가?"

그런 두 사람을 스쳐지나가며 무심한 듯 던진 장
루이의 말에 두 사람의 얼굴이 동시에 붉어졌다.

"네 이놈!"

기회를 노린 채 다가오던 몬스터를 향해 노성을 터트린 제임스가 강한 불길을 일으킨 채 뛰쳐나갔다.

"분명, 부끄러운 거야."

"응, 나도 그렇게 생각해."

이름 모를 여인 둘이 도란도란 나누는 대화에 하루나의 얼굴이 귀까지 빨개졌다.

"저, 저 멍청이!"

빽하고 소리를 지른 그녀가 제임스의 뒤쪽을 에워싸기 시작한 몬스터들을 향해 날아가 주먹을 내질렀다.

고오오오오오!

공기가 급격하게 압축되며 발하는 기묘한 소성에 모두의 시선이 위쪽으로 향했다.

날개를 활짝 편 채 힘을 끌어 모으던 유건이 웅크렸던 몸을 한 번에 떨쳐냈다.

그와 동시에 날개에서 뻗어나간 검은 깃털 모양의 혼돈의 기운들이 각기 다른 방향을 향해 쏘아져 나갔다.

"끄어어어!"

"쿠오오!"

본능적으로 자신들을 향해 날아드는 기운이 위험하다는 것을 깨달은 몬스터들이 괴성을 질러가며 사방으로 흩어져갔다.

"어림없다!"

마치 추적기를 달고 있는 것처럼 목표를 향해 이리저리 방향을 틀어가며 날아간 혼돈의 파편들이 남김없이 목표물의 몸을 파고들었다.

퍼어엉!

마치 폭죽이 터지는 것처럼 여기저기서 몬스터들의 몸이 사방으로 터져나갔다.

제법 몸이 날쌘 몬스터들이 이리 저리 몸을 날리며 혼돈의 파편을 피해내기 위해 안간힘을 썼지만, 결국 하나 둘씩 같은 모습으로 최후를 맞았다.

수를 헤아리기 힘들만큼 많았던 몬스터들이 일순간에 와해되자, 멍한 얼굴로 그 광경을 바라보고 있던 이들이 마치 한 마음이 된 것처럼 함성을 질러댔다.

"우와아아!"

"우오오오!"

안간힘을 써가며 그들을 이끌고 있었던 하루나의 얼굴에 짙게 배어있던 불안함의 기운이 모두 사라졌다.

"이렇게 반가울 수가 있나⋯."

마찬가지로 여기 저기 옮겨 다니며 쉴 새 없이 전투를 벌여야했던 장 루이의 얼굴에도 보기 드문 환한 미소가 맺혀 있었다.

나머지 인원들이 전장을 정리하고 있는 그 시각.

유건은 그리 오랜 시간이 지나지 않았음에도 불구하고 무척이나 오랜만에 만나는 것 같은 기분을 느끼며 동료들과 일일이 눈을 마주쳤다.

"다시, 돌아왔습니다."

⋆

방금 전까지의 치열했던 전투가 무색 하리 만큼 앞으로 나아가는 일행들의 여정은 평탄했다.

하루가 멀다 하고 쳐들어왔던 몬스터 군단들이 무슨 이유에선지 더 이상 모습을 드러내지 않았기 때문이었다.

"대체 무슨 속셈인걸까요?"

하루나의 말에 아무도 대답하는 이가 없었다.

왠지 모를 불편한 기운이 그들 사이를 누비고 다녔다. 마음 놓고 쉴 수도 없는 시간들.

그 가운데서 유건의 시선은 줄 곳 한 방향을 향하고 있었다.

"어딜 그렇게 계속 쳐다보는 거냐?"

그를 향해 다가온 제임스가 물었다.

"아? 아닙니다, 아무것도."

"아니긴… 다 안다 이 녀석아."

"……."

말없이 자신을 바라보는 유건을 향해 제임스가 말을 이었다.

"무사할거다. 그들과 함께 모습을 드러내지 않은 것만 봐도 분명 그럴 거야. 게다가 겉보기엔 가녀린 여고생이지만, 알고 보면 우리들 중 가장 큰 잠재력을 가진 S등급의 요원이라고. 그러니 너무 걱정하지 마라. 꼭 찾아서 돌아갈 테니."

"감사합니다."

"고맙긴 자식."

유건의 머리를 거칠게 흐트러트린 제임스가 그의 어깨에 팔을 둘렀다.

"내가 고맙다."

"네?"

의아한 얼굴로 되묻는 유건을 향해 제임스가 말했다.

"철환이 녀석 말이야. 자신이 그렇게 괴상한 모습으로 이용당하고 있다는 사실에 그 누구보다 괴로워했을 게 분명하니까. 그 녀석도 고마워했을 거다."

"과연… 그럴까요?"

자신을 쳐다보는 유건의 괴로움이 가득한 눈빛에 제임스의 가슴 한 구석이 저려왔다.

"그래, 그렇고말고."

마치 스스로에게 최면을 걸듯이 같은 말을 반복하는 제임스에게서 눈을 뗀 유건이 저 멀리 붉은 빛이 일렁거리는 미궁의 하늘을 바라보았다.

"이제 멀지 않았네요."

"더 블랙, 그자만 확실하게 처리하면 되는 거니까. 그러고 보니 이건 무슨 rpg게임에서 최후 보스를 상대하는 거 같잖아."

그의 너스레에 유건이 피식 웃음을 터트렸다.

"그러고 보니 정말 그러네요."

"큭!"

"픕!"

"푸하하하하"

"하하하하하"

동시에 크게 웃음을 터트린 두 사람이 서로에게

몸을 기댄 채로 그렇게 한참을 웃어댔다.

왜 불안하지 않을까?

어찌 슬프지 않을까?

하지만 그들은 지금은 그 감정을 잠시 묻어둔 채 앞으로 나아가야 한다는 사실에 동의했다.

그렇게 갖가지 감정이 가득 담긴 웃음소리가 멀리까지 퍼져나갔다.

・ ▼ ・

"정말 오래 버티는 군, 믿어지지 않을 정도야."

실오라기 하나 걸치지 않은 여인의 눈부신 나신을 욕정 가득한 그것과 전혀 다른 호기심 가득한 눈으로 쳐다보던 사내의 입에서 터져 나온 탄성이었다.

윤기 나는 검은 머리카락이 허리까지 길게 늘어서 있는 지적인 외모의 사내.

그의 손에 들린 와인 잔이 저절로 떠올라 그의 걸음을 따라 천천히 움직였다.

그의 걸음을 따라 자연스럽게 빛이 들어오는 내부에는 처음의 그 여인뿐만 아니라 수없이 많은 몬스터들과 인간들이 벌거벗은 모습으로 눈을 감고 서있었다.

그들 모두가 머리끝부터 발끝까지 검은 빛을 띠고 있었다.

"아쉽지만, 네가 이들을 이끌어야겠구나."

저 멀리서 은은한 빛을 뿜어내며 자신의 마력을 밀어내고 있는 나신의 여인을 쳐다보던 사내가 거대한 체구의 오크를 향해 말했다.

기존의 오크 워리어와 외양이 무척 흡사했지만, 크기는 한배 반 정도 더 컸고, 전체적으로는 녹색 빛이 아닌 검은빛을 띠고 있었기에 분위기가 무척이나 달라 보였다.

그의 말이 끝나기 무섭게 그 오크가 눈을 떴다.

곧바로 그의 발치에 무릎을 꿇은 오크가 입을 열었다.

"나의 주인이시여."

"그래, 조금 아쉽기는 하지만, 네가 그들을 막는 역할을 좀 해야겠구나."

"부족하나마 최선을 다하겠나이다."

"믿어보마."

가볍게 어깨를 다독거리는 사내 더 블랙의 손길에 감격한 듯 검은 빛을 띠고 있는 오크 워리어가 몸을 떨어댔다.

자신을 따라 다니던 와인 잔을 들고 들이켠 사내

가 그의 그런 모습에 만족한 듯 가볍게 미소 지었
다.

"용사가 너무 쉽게 마룡 앞에 도달하면 재미없지.
크크크크."

그의 모습이 사라지며 웃음소리마저 들리지 않을
때까지 고개를 숙인 자세 그대로 석상처럼 미동조
차 하지 않던 오크 워리어가 천천히 몸을 일으켰
다.

"흐음…."

주변을 가득 채우고 있는 각종 몬스터와 인간들
의 모습을 훑어보던 그가 만족한 듯 고개를 끄덕였
다.

앞서 걸어가는 그들 따라 동시에 눈을 뜬 녀석들
이 질서 정연하게 늘어섰다.

사위를 가득 채운 그 압도적인 위세에 주변의 대
기가 가늘게 떨렸다.

• ▼ •

미궁 내에 자리한 거대한 성채 모양의 건물 앞에
도달한 일행들이 각기 진열을 정비하는 동안 하루
나가 회의를 소집했다.

"저와 성… 큼큼, 아무튼 저번 정찰을 통해 파악한 바로는 이 내부에 별다른 함정이나 주의해야할 적들은 발견할 수 없었어요. 하지만, 그렇다고 해서 지금도 그럴 거라는 생각은 버려야 해요."

무심코 성희의 이름을 부르던 하루나가 유건의 눈치를 살피며 말을 마쳤다.

그런 그녀의 모습에 유건은 절로 쓴 웃음이 지어졌다.

"제가 앞장서겠습니다."

유건의 말에 제임스가 고개를 저었다.

"아니, 그건 아니다. 내가 앞장서지."

"그것보다는 내가 선두에 나서는 게 제일 나을 것 같군."

잠자코 있던 장 루이가 두툼한 손을 내밀어 반쯤 몸을 내민 제임스의 어깨를 두드렸다.

"그게, 가장 좋겠네요. 루이씨가 아무래도 저희들 중에서는 가장 방어력이 탁월할 테니까요. 그리고 유건씨?"

"네"

"유건씨는 무조건 힘을 아껴야 해요. 더 블랙 그자 앞까지 유건의 온전한 전력을 유지한 채로 도달한다. 이게 우리 작전의 가장 중요한 포인트입니다."

"잘 알고 있습니다."

"그래요, 그러니 설혹 중간에 어떤 상황이 벌어진다 하더라도 유건씨는 앞만 보고 달려야 해요. 뒤돌아보는 건 지금까지의 모든 희생들을 헛되게 만드는 겁니다."

"네."

"정말 확실하게 인지한거죠?"

재차 확인하는 하루나의 눈동자에 비친 유건의 눈동자가 가늘게 흔들렸다.

과연 내가 그들의 비명소리를 뒤로 한 채 앞으로 나설 수 있을까?

철환과 나머지 일행들의 존재 자체를 소멸시켰던 것처럼 또 다시 일행들의 죽음을 외면 할 수 있을까?

물론 모두가 사이좋게 멀쩡한 모습으로 더 블랙 그자의 앞에 서게 될 거라는 순진한 생각을 하지는 않았다.

생각을 이어나가던 유건이 밖으로 소리가 새어나올 정도로 어금니를 악다물었다.

"앞만 보고 나아가겠습니다."

유건의 입에서 나올 대답을 조용히 기다리고 있던 하루나의 입에 만족스러운 미소가 걸렸다.

"좋아요. 그럼 나머지 세부 사항들을 조율하도록 하죠. 제일 먼저 제 일조는⋯."

본격적으로 회의에 돌입한 그들을 뒤로한 채 유건이 슬며시 회의장을 빠져나왔다.

임시로 만들어진 천막의 입구에 드리어진 천을 들어 올리며 밖으로 나서자, 주변을 경계하고 있던 일급 요원 하나가 그를 발견했다.

"헛! 아, 안녕하십니까?"

무척 앳되어 보이는 소년.

몸 여기저기를 가로지르는 수많은 상처들이 가득했다. 그와 함께 너덜너덜해진 전투복 자락들이 애처롭게 바람을 타고 흩날렸다.

문득 유건은 그의 얼굴이 낯익다는 생각이 들어 고개를 갸웃거렸다.

'어디서 봤더라? 아!'

홀로 수많은 몬스터 사이를 종횡무진 누비던 육체 강화 능력자.

'육체 강화만 중첩해서 세 번이나 각성했다고 했던가?'

그런 유건의 표정 변화를 살피며 초조하게 서있던 강찬이 뭐라고 말을 하려던 순간 유건의 목소리가 그의 가슴을 철렁 내려앉게 만들었다.

"강찬이라고 했던가?"

"헉!"

그가 자신의 이름을 알고 있다니?!

자신의 우상과도 같은 이의 입에서 자신의 이름
이 나온 순간 그는 마치 하늘을 붕 날고 있는 것 같
은 황홀경에 빠져들었다.

숨이 막힐 듯이 붉어진 그의 얼굴을 가만히 바라
보던 유건이 피식 웃음을 터트렸다.

"훗, 지난 번 활약은 무척 인상 깊었다."

"아, 네? 네! 가, 감사합니다."

마치 챙겨주고 싶게 만드는 친구네 동생을 보는
것 같았다.

그런 그를 격려하기 위해 그의 어깨를 두드리던
유건의 표정이 살짝 변했다.

'응?'

그의 몸에서 익숙한 무언가가 유건의 내부에 자
리 잡은 혼돈의 기운을 자극했기 때문이었다.

그런 유건의 앞에 서있는 강찬은 제대로 숨조차
쉬지 못한 채 부동자세로 굳어 있었다.

지나가려던 우상이 잠시 멈칫거리는가 싶더니 이
내 심각한 표정으로 자신의 몸 이곳저곳을 살펴보
는 게 아닌가?

그런 그의 상태를 전혀 아랑곳 하지 않은 채 살펴보기에 바쁘던 유건의 표정이 어느 순간 확 풀렸다.

'이것 때문이었군.'

어떻게 된 일인지는 잘 모르겠지만, 그의 몸 내부에 혼돈의 파견이 자리 잡은 채 원활한 힘의 운용을 방해하고 있었다.

알게 모르게 주변에 영향을 미치고 있던 혼돈의 기운이었기에, 의도하지 않은 이런 일들도 만들어 내는 것 같았다.

'그냥 지나갔으면 모를 뻔 했군.'

유건이 의지를 일으키자 어리둥절한 표정으로 그를 바라보고 있던 강찬의 내부에서 격렬한 반응이 일어났다.

"컥! 왜??"

믿어지지 않는 다는 표정을 한 채 그 자리에서 꼬꾸라진 강찬이 유건을 향해 가까스로 입을 열었다.

"잠자코 있어, 해치려는 게 아니니까."

그 누가 봐도 오해할만한 상황. 유건이라고 그걸 모르는 바가 아니었다.

자연스럽게 그들을 중심으로 일급 요원들이 둥글게 포진했다.

'좋은 반응이야.'

자신을 향한 혼란스러운 기세를 받아내던 유건이
가볍게 웃으며 말했다.

"모두 움직이지 마라."

자칫 그 두 사람을 건드리기라도 했다간, 강찬의
몸 내부가 망가질 수도 있었다.

유건의 나직한 말이 끝나기 무섭게 모두의 발이
못 박힌 듯 그 자리에 멈춰 섰다.

도저히 대적할 엄두조차 안 나게 만드는 기세가
유건의 몸에서 자연스럽게 뿜어져 나왔기 때문이었
다.

"됐군."

고통스러워하던 강찬의 얼굴이 이내 편안해지며
깊은 잠에 빠져들었다.

그렇게 땀으로 범벅이 되어 있는 그의 얼굴을 한
차례 두드려준 유건이 몸을 일으켰다.

"이거, 한 둘이 아니잖아? 아무튼 욕심 많은 녀석
이라니까."

주변을 둘러본 유건은 미약하게나마 대원들의 몸
곳곳에 자리하고 있는 혼돈의 파편을 느낄 수 있었
다.

쓰게 웃으며 공중으로 몸을 띄운 유건이 두 장의
날개를 활짝 폈다.

그가 본격적으로 힘을 운용하기 시작하자, 진영의 곳곳에서 수많은 대원들이 바닥에 쓰러진 채로 신음하기 시작했다.

"이, 이게 무슨?"

회의를 하다말고 밖으로 뛰쳐나온 일행들이 유건과 주변에서 신음하고 있는 대원들을 번갈아 바라보았다.

그 순간, 사방에서 극히 작은 크기의 혼돈의 파편에서부터 제법 눈에 보일 정도로 커다랗게 자라난 혼돈의 파편들이 유건을 향해 몰려들었다.

유건에게 몰려든 그것들은 아주 자연스럽게 유건의 날개로 스며들었다.

잠시 후 바닥으로 내려선 유건이 묘한 포만감과 충족감을 느끼며 깊은 한 숨을 뱉어냈다.

"또 한 단계 성장했군."

장 루이의 말에 하루나를 비롯한 이들의 눈빛이 변했다.

"아아!"

그제야 유건에게서 피어나는 기세가 조금 달라졌음을 깨달을 수 있었다.

수많은 요원들의 몸속에 뿌리를 내린 채 성장하고 있었던 혼돈의 파편들을 회수하는 과정에서 자연스럽게 그들이 지닌 고유의 능력까지 얻을 수 있었다.

그들로서도, 그리고 유건 자신으로서도 전혀 예상하지 않았던 소득이었다.

"아무래도 작전을 조금 뒤로 미뤄야겠습니다."

주변에 아무렇게나 쓰러져서 뒹굴고 있는 요원들을 쳐다보던 하루나가 어색하게 웃으며 말했다.

하루나의 말에 모두의 고개가 저절로 끄덕여졌다.

· ☢ ·

칼날처럼 날카롭게 벼려진 기세를 은은하게 뿌려대는 일단의 무리들의 거침없는 질주가 중간에서 멈췄다.

그들의 앞에는 수를 헤아리기 힘들만큼 많은 마물들과 인간형 몬스터들이 자리하고 있었다.

처음 보는 형태를 가진 거대한 몬스터 위에 올라타 있던 아름다운 여인이 맨발로 살포시 바닥에 내려섰다.

두근.

그녀를 보고 있던 수많은 남성들의 마음에 동시에 커다란 파문이 일었다.

"크음…."

여기저기서 동시 다발적으로 침음성이 흘러나왔
다.

마음의 격동을 가라앉히기 위해 최선을 다하는
이들의 이마위에 도드라진 핏줄들이 꿈틀거렸다.

사내가 가지는 원초적인 욕구를 뒤흔드는 릴리스
의 마력을 버텨냈다는 사실 한가지만으로도 프로메
테우스의 뒤를 따라 도열해 있는 이들의 수준을 능
히 짐작할 수 있었다.

"오랜만이네요, 메테우스…."

"그렇군."

"당신도 다른 이들처럼 다른 차원을 향해 떠난 줄
로만 알았어요."

"한때 그런 생각을 하기도 했었지…."

서로를 향한 아련한 눈빛들, 그리고 오가는 대화
속에 담겨 있는 수많은 이야기들.

누가 본다면 오랜만에 만난 오래된 연인들의 대
화라고 느낄 법한 분위기였다.

"그러는 당신은 영원히 깨지 않을 꿈속에 자신을
던지지 않았던가?"

"그러게요, 어쩌다보니 여기서 이렇게 당신을 마
주하게 됐군요."

씁쓸하게 웃는 그녀의 표정 변화 하나에 수많은 이들의 가슴이 진탕되었다.

지금 당장이라도 달려가서 그녀를 위로해 주고 싶다는 생각이 머릿속을 떠나지 않았다.

"훗, 여전하군."

그녀의 색기로 인해 힘들어하는 수하들의 상태를 흘깃 쳐다본 메테우스가 피식 거리며 웃었다.

그 자신도 젊은 시절 처음 그녀를 만났을 당시 얼마나 괴로웠었던가?

그때를 떠올린 그의 얼굴에 평소 찾아보기 힘든 부드러운 미소가 맺혔다.

그도 잠시 이내 냉막한 원래의 표정으로 돌아온 사내의 입에서 차가운 목소리가 흘러나왔다.

"아무래도 우리의 만남은 이번이 마지막이 될 것 같군."

그의 목소리 속에 담긴 뜻을 알아차린 마물들이 엄청난 살기를 뿌려댔다.

자신들의 어머니를 향한 노골적인 적의.

쥐 죽은 듯이 대기 하고 있던 그들이 분개할 만한 충분한 이유였다.

그녀의 고운 속눈썹이 살포시 내려앉으며 아름다운 눈동자가 자취를 감췄다.

"하아…."

어디선가 안타까움 섞인 탄성이 흘러나왔다.

그 탄성은 곧이어 터져 나온 엄청난 함성에 묻혀 사라져갔다.

고개를 돌리는 릴리스의 행동을 신호로 수많은 마물들이 그들을 향해 돌격하기 시작했기 때문이었다.

그중에서도 가장 선두에 선 것은 눈에 띌 정도로 빠른 속도를 자랑하는 능욕의 마녀 할리퀸이었다.

그런 그녀가 메테우스가 이끄는 진영을 향해 달리던 속도 그대로 공중으로 높이 뛰어 올랐다.

뒤쪽으로 활처럼 허리를 굽힌 그녀가 양손을 강하게 휘둘렀다.

"피햇!"

그 모습을 바라보고 있던 이들 중 가장 앞에 서있던 집사가 눈을 부릅뜬 채 외쳤다.

그녀의 손 위에 응집된 마력의 크기가 상상을 초월했기 때문이었다.

이를 막아내기 위해 인상을 찌푸린 메테우스가 손을 앞으로 내밀었다.

그런 그의 앞에 마치 순간이동이라도 하듯이 릴리스가 모습을 드러냈다.

"우리는 우리끼리 어울리는 게 어때요?"

그녀의 몸에서 풍겨나던 야릇한 방향의 흔적만 남긴 채 두 사람의 모습이 전장에서 사라졌다.

"주, 주인님!"

다급히 외치던 집사가 이를 악다물고 자신들의 위로 떨어져 내리고 있는 붉은 색 마력의 덩어리를 향해 뛰어 올랐다.

그제야 사태의 심각성을 깨달은 이들이 분분히 사방으로 흩어졌다.

과도한 자심감이 불러온 실책.

일견 그 마음의 빈틈을 노린 할리퀸의 회심의 일격이 성공을 거두는 것처럼 보였다.

그러나 평범한 노인의 그것과 같은 외양을 지닌 집사의 능력은 그런 그녀의 예상을 훨씬 뛰어넘는 것이었다.

공중으로 뛰어오른 집사의 몸이 부풀어 오르는가 싶더니 이내 말쑥하게 차려입은 슈트가 터져나가며 단단한 근육으로 뒤덮인 상체가 모습을 드러냈다.

모습이 바뀌면서 성격도 바뀌었음인가? 호쾌하게 소리를 내지른 그가 뒤로 잔뜩 끌어당겼던 주먹을 앞을 향해 내질렀다.

일견 보기에 아무런 의미도 없을 것 같던 그 단순한 주먹질이 만들어낸 결과는 어마어마했다.

노도와 같이 밀려드는 붉은 마력의 덩어리를 향해 그의 주먹에서 시작된 충격파가 점차 그 크기를 키워가며 쇄도했다.

쿠쿠쿠쿠쿵!

지축이 뒤흔들릴 정도의 강력한 충격파가 사방으로 퍼져나갔다.

사자의 등장에 놀란 노루 떼처럼 이리저리 흩어졌던 이들이 채 중심을 잡기도 전, 엄청난 숫자의 마물들이 그들에게 들이닥쳤다.

언 듯 보기엔 양측의 힘이 상충된 것 같아 보이긴 했지만, 아무래도 미리 충분히 준비하고 있었던 할리퀸쪽이 다급히 이를 받아친 집사의 힘을 넘어섰던 것 같았다.

기세를 타고 몰아닥치는 마물들과 어우러지는 메테우스의 수하들은 각자 지닌 힘에 비해 너무나 허무하게 하나 둘 씩 쓰러져가기 시작했다.

여러 가지 이유가 있겠지만, 크게 봤을 때는 그 원인을 세 가지로 요약할 수 있었다.

첫째로는, 그들 개개인이 지닌 능력을 너무 과신한 나머지 적들을 우습게보았기 때문이었고, 둘째로는, 이리저리 흩어진 그들과 달리 마물들은 철저하게 자신들을 이끄는 우두머리의 지시를 따라 합공을 했기 때문이었다. 그리고 마지막 셋째는 그들을 이끌어야 할 집사의 발이 할리퀸으로 인해 묶여버린 데에 있었다.

동료들의 비명소리에 손발이 어지러워진 집사와 달리 할리퀸의 얼굴에선 시종일관 여유가 넘쳤다.

물론 속으로는 지나친 힘의 사용으로 인해 여유가 없는 상황이긴 했지만, 적어도 그녀는 지금 그런 티를 내서는 안 되는 순간임을 충분히 인지하고 있었다.

태어난 지 얼마 안 된 인간으로 따지면 마치 신생아와 같은 할리퀸이었지만, 그녀는 태초의 마녀 릴리스가 낳은 이들 중 최고의 능력을 자랑하는 '퀸(Queen)'이었다.

본능적으로 미궁의 대기 중에 존재하는 수많은 세월동안 누적된 마력들을 흡수하기 시작한 그녀의 얼굴에 점차 생기가 돌아오기 시작했다.

'미치겠군.'

비명을 질러가며 최후를 맞이하는 동료들의 모습을 흘깃 쳐다본 집사의 이름은 허큘리스.

그는 여기에 함께 온 이들 중 유일하게 프로메테
우스로부터 직접 힘의 세례를 받은 진정한 의미의
혈족이었다.

그가 주인으로부터 힘의 개방을 허락받은 것은 1
단계 까지였다. 그 이상의 개방은 주인의 허락이 필
요했다.

그러나 그 주인의 행방은 묘연한 상태.

언제나 마음만 먹으면 만들어낼 수 있는 이들이
긴 했지만, 그들 개개인이 세계 곳곳에서 이룩해놓
은 과업들을 그냥 날려버리기엔 그간 들인 공이 너
무 아까웠다.

까득.

결국 고민하던 그가 이를 악다물며 결심을 굳혔
다.

주인의 처벌이 두렵지 않은 건 아니었지만, 적어
도 이대로 순순히 당해줄 수는 없었다.

그가 의지를 발한 그 순간.

그의 온 몸에서 엄청난 기파가 흘러나오기 시작
했다.

"으윽~!"

저절로 밀려나간 할리퀸이 마음에 들지 않는 다
는 듯 이를 악물었다.

84

그런 그녀와 마찬가지로 사투를 벌이고 있던 수많은 마물들이 마치 약속이라도 한 것처럼 허큘리스와 그녀가 싸우고 있던 방향으로 고개를 돌렸다.

막대한 무력, 본능을 뒤흔드는 거대한 힘.

태초의 혼돈에서 태어나 본능적으로 강한 힘을 추구하는 마물들에게 있어서 허큘리스의 몸에서 뿜어져 나오는 압도적인 힘은 마치 부나방이 자신의 몸이 타오를 것을 알면서도 몸을 날리게 만드는 그 불꽃과도 같았다.

그로 인해 생겨난 잠시의 틈.

이를 놓치지 않은 채 몸을 빼낸 이들이 자연스럽게 한 자리로 모여들었다.

단순히 힘을 개방하는 것만으로도 전장의 흐름을 뒤바꿔놓은 허큘리스가 잔뜩 달아오른 몸의 열기를 입으로 토해내며 천천히 어깨를 휘돌렸다.

"잘도 설쳐댔겠다, 계집. 그 가녀린 목을 단숨에 부러뜨려주마!"

전신에 충만하게 차오른 활력을 음미하듯 몸을 풀던 그가 으르렁 대듯이 말했다.

마치 사나운 맹수를 눈앞에서 마주한 것 같은 느낌에 할리퀸이 자신도 모르는 사이에 가늘게 몸을 떨어댔다.

파아앙!

압축된 공기가 터져나가는 굉음과 함께 허큘리스의 신형이 할리퀸에게로 폭사했다.

퍼어억!

정직하게 내지른 일권. 그러나 피하기에는 그 속도가 너무 빨랐다.

"크읏!"

알고도 막을 수밖에 없는 일격을 양팔을 모아 막아낸 할리퀸의 입에서 신음소리가 새어나왔다.

마치 양팔이 그대로 으스러지는 것 같은 격통이 몰려왔다.

마비된 듯 움직이지 않는 양팔 대신 악마의 그것과 닮은 꼬리를 휘둘러 상대의 머리를 노렸다.

쇄애액!

그녀의 공격이 세차게 바람을 가르며 허공을 스쳐갔다.

바닥으로 꺼지듯이 내려앉아 공격을 피한 허큘리스가 바닥으로 주저앉은 상태에서 강하게 위로 솟구쳤다.

탄력적인 허벅지 근육에서 뿜어져 나오는 거력을 그대로 담은 주먹이 할리퀸의 복부에 꽂혀들었다.

"커허헉!"

내장이 산산조각 나는 것 같은 고통에 눈을 부릅뜬 채 괴로워하던 그녀의 눈앞에서 별이 번쩍거렸다.

그녀의 머리를 커다란 손으로 부여잡은 허큘리스가 이마로 들이 받아버렸기 때문이었다.

태초의 마녀 릴리스의 축복을 듬뿍 받아 태어난 그녀이었기에 전력을 다한 허큘리스의 공격을 연거푸 허용했음에도 불구하고 여전히 건재했다.

자신의 공격을 모두 받아내고도 무너지지 않은 그 단단한 몸에 진심으로 감탄한 허큘리스가 탄성을 내지르는 것과 동시에 그녀의 잘록한 허리를 끌어안았다.

"어디 언제까지 버티나 보자고."

뿌득! 뿌드득! 뿌득!

허리를 그대로 분지르겠다는 의도가 절로 느껴질 만큼 강렬한 포옹이 이어졌다.

"아악! 아아악!"

엄청난 격통에 몸부림치며 괴로워하는 그녀를 놓치지 않겠다는 듯 입을 굳게 다문 허큘리스의 팔뚝에 돋아난 근육들이 연신 꿈틀거렸다.

'허! 대단하군.'

공격을 가하고 있던 허큘리스는 내심 감탄하고 있었다.

전력을 다해 조이고 있음에도 상대의 몸은 마치 부드러운 연체동물의 그것과 같은 감촉만을 전해왔기 때문이었다.

그간 그가 상대해왔던 적들은 대부분 이 공격에 허리가 부러져 처참한 최후를 맞았었다.

이름난 강자들을 무수히 짓밟아가며 메테우스의 최측근의 위치까지 오른 그였기에 지금과 같은 상황이 믿어지지가 않았다.

뜨끔.

다시 한 번 팔에 힘을 주려던 찰나 목덜미에서 바늘로 찌르는 것 같은 통증이 느껴졌다.

그와 동시에 그 부분에서 시작된 서늘한 냉기가 목을 타고 몸 전체로 퍼져나갔다.

"이, 이런!"

그의 눈에 마비된 자신의 양 팔을 비틀어 몸을 빼낸 상대가 하늘거리는 꼬리를 흔들며 멀어지는 모습이 보였다.

'독인가?'

대부분의 독에 면역인 그였기에, 중독됐다는 사실을 알았음에도 불구하고 별반 놀라지 않았다.

아니나 다를까 몸 전체에서 시작된 간지러운 느낌과 함께 감각이 돌아오기 시작했다.

"쿨럭, 쿨럭. 헉헉헉헉!"

꼬리를 통해 상대에게 독액을 주입한 할리퀸이 겨우 그에게서 빠져나와 괴로운 듯 거칠게 숨을 토해냈다.

반격을 하겠다는 생각조차 하지 못할 만큼 몸 상태가 좋지 못했다.

서서히 숨이 고르게 돌아올 때 즈음 상대도 천천히 몸을 움직이며 굳은 몸을 풀고 있었다.

'역시 안 통하네.'

어지간한 몬스터는 곧바로 즉사시킬 정도의 치명적인 독이었음에도 불구하고 상대는 아무렇지 않은 듯 고개를 좌우로 돌리며 건재함을 자랑했다.

천천히 호흡을 가다듬으며 주변을 둘러보자, 조금 전과 달리 팽팽한 균형을 유지한 채 치열하게 치고받는 전장이 곳곳에서 펼쳐지고 있었다.

얼핏 보기엔 비등한 것 같았지만, 뒤로 갈수록 자신들이 불리해 진다는 것을 그녀는 타고난 직관을 통해 깨달을 수 있었다.

힘을 제어하고 있는 것은 상대만이 아니었다.

태어난 지 얼마 되지 않았기에, 본능적으로 억눌러왔던 그녀의 진정한 능력.

능욕의 마녀라는 이름을 부여받은 그녀의 진정한 힘이 처음으로 세상에 그 모습을 드러냈다.

두드드드드드.

주변의 대기들이 땅의 진동을 따라 진동하기 시작했다.

강대한 힘을 자랑하는 허큘리스가 짙은 눈썹을 꿈틀거리는가 싶더니 이내 그녀를 향해 달려들었다.

그의 본능이 강하게 경종을 울리고 있었기 때문이었다.

'이대로 가만히 놔둬서는 안 돼!'

위기감을 느낀 그의 공격이 쉴 새 없이 이어졌다. 지켜보는 이들이 저절로 탄성을 내지를 만큼 깔끔하고 군더더기 없는 연환격.

몸을 쓰는 이라면 모본으로 삼고 싶을 만큼 화려한 연계기들이 그의 손과 발을 통해 펼쳐졌다.

그와 반대로 할리퀸은 마치 하늘거리는 버들가지처럼 몸을 자연스럽게 움직이며 그 수많은 공격들을 흘려보냈다.

누가 본다면 미리 연습한 대로 춤을 추는 두 사람

의 무희를 보는 것 같은 착각에 빠질 정도였다.

허큘리스의 공격이 빨라지고 정교해질수록 이를 피해내는 할리퀸의 몸짓 또한 예측 불가할 정도로 유려해졌다.

그렇게 쉴 새 없이 오고가는 공방이 지루하게 이어질 무렵, 본격적으로 힘의 개방을 끝낸 할리퀸의 가벼운 손짓이 허큘리스의 단단한 가슴을 두드렸다.

터어엉!

커다란 종을 두드린 것 같은 굉음과 함께 허큘리스의 신형이 빠른 속도로 뒤를 향해 날아갔다.

"커허헉!"

핏물을 흩날리며 튕겨져 나간 허큘리스가 날아간 속도 그대로 바닥에 처박혔다.

그대로 마비된 듯 몸을 움직일 수조차 없을 만큼 강대한 일격이었다.

아무런 낙법도 시전 할 수 없이 그대로 처박힌 허큘리스의 몸 내부는 여전히 격렬한 소용돌이에 휘말린 채 처참하게 망가져가고 있었다.

세상의 근원에 맞닿은 자만이 시전 할 수 있다는 진전한 의미에서의 일권.

탈력의 궁극을 담고 있는 그 손짓 하나가 만들어 낸 엄청난 반전이었다.

순간 마치 약속이라도 한 것처럼 양진영의 싸움이 멈췄다.

전황을 순식간에 뒤집어 엎어버린 충격적인 일격이었다.

바닥에 몸이 반쯤 처박힌 허큘리스는 제대로 몸을 가누지 못한 채 비틀거리고 있었고, 반면에 그를 날려버린 할리퀸은 한결 나아진 모습으로 오만하게 턱을 치켜든 채로 그들을 내려다보고 있었다.

"뼛조각 하나 남기지 말고 모두 먹어 치우 거라."

읊조리는 것 같은 그녀의 말이 끝나기 무섭게 한껏 기세를 올린 마물들이 남은 이들을 향해 총공세를 펼치기 시작했다.

반면에 자신들을 이끌고 있던 허큘리스의 부재를 뼈저리게 느끼게 된 나머지 인원들은 처음의 오만했던 자세와 달리 살아남기 위해 안간힘을 써야만 했다.

기본적으로 지닌 힘 자체가 워낙 탁월했기에, 위태해 보이는 와중에서도 제법 잘 버텨내고 있긴 했지만 이도 그리 오래 갈 것 같아 보이진 않았다.

덜덜 떨리는 몸을 겨우 움직여 고개를 치켜든 허큘리스의 눈에 흔들거리는 꼬리가 들어왔다.

"내가 힘 조절이 서툴렀네, 이렇게 금방 싸움을 끝내고 싶지는 않았는데 말이지."

그의 앞에 쪼그리고 앉아 눈을 마주친 채 그의 턱을 조심스럽게 쓸어내리는 할리퀸의 눈이 요사스럽게 빛났다.

콰득!

"커허헉!"

턱을 지나 목덜미를 부드럽게 쓸어내리던 그녀의 손이 그대로 그의 가슴을 파고들었다.

마치 두부를 주무르는 것처럼 손쉽게 손을 찔러 넣은 그녀의 팔이 이리저리 움직였다.

"커흑, 커흐흐흑!"

간질에 걸린 환자처럼 푸들거리는 그의 얼굴을 응시하며 천천히 빼낸 그녀의 손에 여전히 펄떡거리고 있는 허큘리스의 심장이 들려 있었다.

평범한 인간의 범주를 한참 벗어난 그였기에 심장이 뽑혀 나갔음에도 불구하고 쉽사리 숨이 끊어지지 않았다.

눈앞에서 펄떡이는 자신의 심장을 바라본다는 건 참으로 끔찍한 일임에 틀림없었다.

그럼에도 불구하고 눈빛하나 흔들리지 않은 채 한껏 조소를 띤 허큘리스가 힘겹게 입을 열었다.

"죽여라, 더러운 심연의 마녀여."

"흥!"

그의 저주 가득한 말에 가볍게 콧방귀를 뀐 할리 퀸이 가볍게 손을 놀렸다.

데구르르.

가볍게 잘린 허큘리스의 머리가 옆으로 굴러갔다.

맥동하는 심장이 없어서인지, 잘린 단면에서 그리 많은 피가 솟구치지 않았다.

"그래봤자 죽는 건 너인 걸?"

혀를 날름거려 붉은 입술을 핥은 그녀가 손에 쥐고 있던 심장을 그대로 터트리며 자리에서 일어섰다.

"나머지 놈들의 심장도 꺼내서 보여줘 볼까? 어떤 표정을 할지 기대되는 걸? 흐응~"

그녀가 가볍게 날개를 퍼덕이며 치열하게 싸움이 진행되고 있는 전장의 한가운데 모습을 드러냈다.

"우선 너 부터."

"으아아아악!"

산채로 심장이 뽑혀져 나가는 고통을 겪은 사내가 괴로움에 몸부림치며 비명을 질러댔다.

"흐응, 너도 꽤나 목숨이 질기구나?"

그를 시작으로 계속해서 처절한 비명소리가 메아리쳤다.

메테우스와 간접적으로 맺은 관계 때문에 평범한 인간의 범주를 한참 벗어난 그들은 오히려 그로 인해 쉽게 죽음을 맞지 못하고 오랫동안 괴로움에 몸부림쳐야만 했다.

숨이 끊어진 그들의 시신은 모두 마물들의 뱃속으로 남김없이 사라졌다.

시체들을 먹어치우는 마물들을 사랑스러운 눈빛으로 바라보던 할리퀸이 먼 곳을 바라보았다.

"어머니…."

자신의 어머니이자, 모든 마물들의 어머니인 태초의 마녀 릴리스의 파장이 느껴졌다.

그 즉시 그녀가 땅을 박차고 공중으로 날아올랐다.

· ⁂ ·

엄청난 물줄기가 구렁이처럼 몸을 꼬아가며 날아들었다.

그런 물줄기 앞에 거대한 검은 구름이 나타나 이를 남김없이 먹어치웠다.

그 위로 거대한 번개 다발이 몰아닥쳤고, 투명한 반구 형태의 막이 이를 막아냈다.

쉴 새 없이 터져 나오는 각종 마법의 향연.

누가 먼저랄 것도 없이 서로 공방을 주고받으며 이제는 그 자취조차 찾아보기 힘든 고대의 마법들을 발현시켰다.

그 막대한 마력의 움직임으로 인해 견고한 미궁의 자체가 흔들릴 정도였다.

"제법이군."

"당신도요."

무심한 표정의 메테우스와 달리 릴리스는 화사하게 웃는 낯으로 대꾸했다.

싸우는 중이라고 느껴지지 않을 정도의 온기가 그녀의 주변을 맴도는 것 같았다.

그 모습이 마음에 들지 않는지, 여태껏 한 자리에 멈춰 서서 의지만으로 마법을 발현시키던 메테우스의 손이 전면을 향했다.

그러자 지금까지와 달리 무척이나 아름다운 빛을 발하는 마법진들이 그의 앞에 모습을 드러냈다.

하나 둘씩 모습을 드러낸 그것들은 서로 연계하며 점차 정교하게 짜 맞춰지기 시작했다.

"파이어 볼(Fire Ball)!"

인류에게 처음으로 불을 가져다주었다고 알려진 프로메테우스는 인류 역사상 처음으로 마법을 통해 불을 만들어낸 진정한 의미의 마법사였다.

그가 만들어낸 불덩어리는 일반적으로 알려진 그 것들과는 궤를 달리했다.

이를 증명하기라도 하듯이 시종일관 웃는 낯을 하고 있던 릴리스의 얼굴이 찌그러졌다.

그리고 다급하게 손을 놀려 마법 수식을 재배열 하기 시작했다.

자신을 향해 날아다는 하얀 불꽃은 평범한 마법 으로는 도저히 막아낼 수 없는 성질의 것이었기 때 문이었다.

메테우스가 보여준 것과 유사한 마법진들이 그녀 의 앞에 모습을 드러내는가 싶더니 이내 거대한 물 의 장벽을 소환해냈다.

치이이익~!

각기 다른 두 마법이 마주하기 무섭게 엄청난 양 의 수증기가 주변을 가득 채웠다.

어디선가 불어온 바람이 뿌연 연기들을 한쪽 방 향으로 날려 보냈다.

드러난 두 사람의 양상은 처음과 사뭇 달랐다.

여전히 무표정한 얼굴로 전면을 주시하고 있는

메테우스와 달리 태초의 마녀 릴리스의 얼굴에서 웃음이 사라져 있었다.

충분한 여유를 가지고 마법을 소환한 메테우스에 비해 릴리스가 다급히 이를 막아내느라 무리를 했다는 점을 감안한다면 드러난 마법적인 능력은 호각.

서로를 가만히 쳐다보고 있던 두 사람의 손에서 그리고 주변에서 수많은 마법들이 구현되어 상대를 향해 날아들었다.

쿠쿵! 쿠쿠쿠쿵! 쿵쿵!

공중에서 서로 부딪히며 상쇄되는 마법들의 향연에 주변의 대기가 진감했다.

지닌 마력의 크기가 얼마나 거대한지 그 수많은 마법들을 난사했음에도 불구하고 두 사람의 표정에는 여전히 여유가 넘쳤다.

고래로 두 사람 정도의 능력을 갖춘 이들의 싸움에선 아주 사소한 것들이 승리의 행방을 정하곤 했었다.

그 변수를 만들어낼 이가 이곳 전장을 향해 힘겹게 날아오고 있었다.

이미 두 사람의 충돌로 인해 주변 사방에는 강력한 마력장이 생성되어 있었다.

제아무리 할리퀸이라고 할지라도 그 마력장을 헤

치며 날아가는 것이 쉽지 않았다.

"어머니…."

쉬지 않고 일어나는 마법들의 충돌로 인해 강력한 마력을 품은 바람들이 회오리치며 그녀의 곁을 스쳐갔다.

그녀는 자신의 생각이 짧았음을 자책했다. 자신의 수준에서는 돕거나 하는 시도조차 할 수 없을 만큼 강력한 힘의 충돌이었기 때문이었다.

위태롭게 날갯짓하며 중심을 잡기 위해 안간힘을 쓰는 그녀의 존재를 먼저 발견한 것은 메테우스였다.

그의 무표정한 얼굴에 한줄기 조소가 스쳐지나갔다. 왼손이 들리며 할리퀸을 향해 무수히 많은 바람의 칼날들을 쏘아 보냈다.

"꺄아아아!"

"응!?"

태초의 마녀 릴리스의 시선을 뺏기 위해 메테우스는 일부러 힘의 세기를 조절해 그녀의 몸에 무수히 많은 상처정도만을 남겨놓았다.

여기 저기 형편없이 찢겨져나가 너덜거리는 날개로 힘겹게 날갯짓하고 있는 할리퀸의 모습을 발견한 릴리스가 다급한 표정으로 그녀를 향해 날아갔다.

그 찰나의 틈을 놓치지 않은 메테우스의 손에서 지금까지와 차원이 다른 마력의 응집체가 만들어지는가 싶더니 이내 빛살과 같은 속도로 그 두 사람을 향해 날아갔다.

"헛!"

그제야 자신을 향해 쇄도하는 마력을 느낀 릴리스가 헛바람을 집어 삼키며 거의 정신을 잃기 직전인 할리퀸을 끌어안았다.

퍼어억!

엄청난 속도로 날아든 마력탄이 두 여인의 몸을 그대로 관통했다.

이는 릴리스의 몸을 둘러싸고 있던 마력장을 그대로 파훼할 정도로 강한 힘이 그 안에 집약되어 있었기에 가능한 일이었다.

이를 증명하기라도 하듯이 많은 힘을 소진 한 메테우스의 주름진 얼굴에도 살짝 그늘이 드리워졌다.

"커허헉!"

바닥으로 떨어져 내린 두 여인이 거의 동시에 피를 토해내며 괴로운 신음을 토해냈다.

이곳은 그녀의 영지. 그녀의 마력이 대기 중에 아주 오랜 시간동안 퍼져나가 있는 그녀만의 세상이었다.

100

그렇기에 그녀는 비록 중한 상처를 입긴 했지만, 믿기 힘들 정도의 속도로 상처를 회복할 수 있었다.

마치 시간을 거꾸로 돌리기라도 한 것처럼 아물어가는 그녀의 몸에 난 구멍을 바라보며 메테우스가 미간을 찌푸렸다.

"미궁이라더니, 결국 네가 만든 자궁과 같은 곳이었나?"

마음에 안 든다는 듯 손을 휘저어 주변을 떠다니는 마력 덩어리들을 흩어버린 그가 손가락을 튕겼다.

그러자 그의 눈앞에 소환된 마법진에서 고대의 것으로 보이는 장검 하나가 천천히 모습을 드러냈다.

모습을 드러낸 검 자체에서 풍기는 기운이 너무나 진해서 멀리 떨어져 있던 릴리스의 몸이 저절로 떨렸다.

"마검, 레바테인…."

과거 메테우스 진영과 벌어졌던 전쟁 당시 자신을 옹호하던 수많은 기사들이 저 검에 의해 생을 마감했었다.

죽은 이들이 흘린 피를 흡수하며 점점 강해지는 마검. 그것이 바로 메테우스가 소환해낸 마검 레바테인이었다.

모습을 드러낸 마검 레바테인은 그 이름값에 걸맞게 주변을 떠다니던 릴리스의 마력들을 흡수하기 시작했다.

　상처가 서서히 수복되고 있긴 했지만, 아직 제대로 정신을 차리지 못하고 있는 할리퀸의 모습을 쳐다본 릴리스가 이를 악물고 본격적으로 힘을 개방하기 시작했다.

　저 멀리서 지금의 싸움을 지켜보고 있을 검은 마룡, 그자와의 싸움을 위해 여력을 보존할만한 여유가 없다는 사실을 깨달았기 때문이었다.

　그녀의 몸에서 뿜어져 나온 마력들이 대기 중에 가득한 마력들과 서로 호응하며 점차 공진하기 시작했다.

　우우우우웅.

　그녀의 주변으로 집채만 한 마법진들이 하나둘씩 모습을 드러냈다.

　"으음…."

　그 막대한 힘의 현현에 메테우스의 입에서 침음성이 흘러나왔다.

　마검 레바테인을 한차례 휘두른 그가 검을 든 채로 입술을 달싹 거리며 고대의 룬어를 읊조리기 시작했다.

102

주문이 길수록 고위 마법이라는 고대의 마법 공식에 걸맞게 그의 입에서 흘러나오는 주문은 마치 노랫말처럼 쉬지 않고 계속해서 이어졌다.

그의 입에서 주문이 끊기는 순간 때를 같이 해 릴리스의 마법진도 완성됐다.

서로를 바라본 두 사람의 입에서 구현된 마법에 생명을 불어 넣는 시동어가 동시에 터져 나왔다.

"헬 파이어(Hell Fire)!"

"미티어 레인(Meteor Rain)!"

・ ▼ ・

쿠쿠쿠쿠쿠쿠쿵!

고대로부터 그 막대한 파괴력으로 인해 금지 마법으로 정해져 있던 두 마법이 정면으로 충돌했다.

시전자의 의지를 따라 한곳을 향해 낙하하는 수많은 운석덩어리들이 엄청난 열기를 발하며 전진하는 불덩어리를 쉴 새 없이 두들겼다.

마법을 시전 하는 것도 버거운 일이지만 발현된 마법을 자신의 의지대로 유지하는 것 또한 결코 쉬운 일은 아니었다.

이를 증명하기라도 하듯이 릴리스의 입가로 붉은
선혈이 흘러내리기 시작했다.

메테우스의 얼굴은 순식간에 몇 십 년은 더 늙은
것처럼 푸석푸석하게 변했다.

"크흐흠."

그의 입에서 싸움에 임한 이후 처음으로 괴로움
에 찬 신음소리가 흘러나왔다.

그만큼 전진하는 거대한 푸른 불덩이를 막아내는
일이 막대한 힘을 소모하게 만들었다.

메테우스는 내심 자신이 그녀가 지닌 힘을 지나
치게 경시했다는 것을 자책했다.

오랜 잠에서 깨어난 지 얼마 되지 않았다는 것
을 알았기에, 그녀의 힘을 얕보고 있었기 때문이
었다.

실제적으로 그녀가 지닌 가장 강한 힘은 끝없이
만들어내는 그녀의 자식들에게 있다고 할 수 있었
다.

수많은 세월동안 자신이 지닌 힘과 능력을 갈고
닦아 경지에 도달하게 되는 인간들과 달리 그녀는
그만한 능력을 지닌 마물들을 너무나도 쉽게 낳았
다.

이렇듯 그녀의 자식들은 태어남과 동시에 절대적

인 강함을 자랑했다.

물론 그 자식들 사이에서도 실력의 고하는 존재
했지만 그건 그들 수준에서의 높고 낮음이지, 일반
적인 인간들의 기준에서는 양쪽 다 악몽이긴 마찬
가지였다.

그렇기에 과거 그녀와 벌였던 최후의 전투에서
자신이 아끼던 수족들을 모두 잃고 자신조차 지니
고 있던 힘의 태반을 잃어버릴 수밖에 없었다.

그런 그녀가 자신과 홀로 싸움에 나섰다?

초반에 함께 모습을 드러낸 마물들의 수준으로
보아 그녀가 잠에서 깨어난 것이 그리 오래되지 않
았음을 쉽게 유추할 수 있었다.

아이러니하게도 모든 마물들의 어미인 그녀는 마
치 인간의 어미가 자식에게 무한한 애정을 가지게
되듯이 자신이 낳은 모든 마물들을 사랑했다.

그 잘난 어미 노릇을 하기 위해 자신과의 싸움에
홀로 나선 것이라 여긴 메테우스였기에, 이번 싸움
에서 필승을 자신할 수 있었다.

그러나 그는 이곳 미궁이 수많은 세월에 걸쳐서
만들어진 그녀만의 영지라는 것을 경시하는 우를
범하고 말았다.

그 결과 수천 년의 세월동안 두문불출하며 잃어

버린 힘을 되찾는데 온 힘을 쏟았던 자신의 노력이
자칫 물거품이 될지도 모르는 상황에 직면하게 되
고야 말았다.

저 푸른 불덩어리를 그대로 맞게 된다면 제 아무
리 자신이라 할지라도 생명을 장담할 수 없으리라.

까득.

이를 악다문 그가 재차 마력을 총동원하여 하늘
을 까맣게 뒤덮을 정도로 떨어져 내리는 운석들을
제어하는데 온 힘을 다했다.

쿠쿠쿠쿵!

쉴 새 없이 몸을 던지는 운석들에 의해 거대한 푸
른 불덩어리가 점차 작아져갔다.

입가에 피를 흘려가며 온힘을 다하고 있던 릴리
스의 얼굴이 잔뜩 찌푸려졌다. 이대로 가다가는 패
하게 될 것이 분명해 보였다.

고민은 길지 않았다. 결단을 내린 그녀가 오른 팔
을 옆으로 뻗었다.

그녀의 작은 행동에 위화감을 느낀 메테우스의
짙은 눈썹이 꿈틀거렸다.

아니나 다를까 그녀의 몸 주변을 맴돌던 마력의
조각들이 급속도로 그녀를 향해 빨려 들어갔다.

시간이 지나면서 점차 속도를 더하는가 싶더니

이내 전 미궁 자체가 흔들거리기 시작했다.

이를 기점으로 점차 작아져가던 거대한 불덩어리가 다시금 처음의 크기를 회복했다.

"으윽…."

메테우스의 입에서 신음소리가 새어나왔다. 자신에게 밀려드는 압력이 순식간에 배는 불어났기 때문이었다.

괴로워하고 있는 그의 주변을 둘러싸고 있던 대기가 미친 듯이 요동쳤다.

'무너져 내리고 있는 건가?'

그의 예상대로 하늘을 가득 채우고 있던 검붉은 빛들 사이로 언뜻 언뜻 푸른빛이 보였다가 사라졌다.

수많은 세월동안 축적된 마력을 기반으로 구축된 미궁 그 자체가 근원이 되는 힘이 점차 사라져감에 따라 서서히 무너져 내리기 시작했다.

메테우스가 자신에게 가해진 압력을 떨쳐내기 위해 한차례 마력을 뿜어낸 직후 눈을 가늘게 뜨고 릴리스의 모습을 자세히 살폈다.

'역시….'

그녀 또한 갑작스럽게 마력들을 흡수하느라 그 본래 지니고 있던 힘들의 태반을 허무하게 흘려보내고 있었다.

누가 더 오래 버티느냐의 싸움.

메테우스는 침착하게 떨어져 내리는 운석들에 정신을 집중했다.

무작위로 떨어져 내리던 운석들이 점차 질서를 되찾고 순차적으로 불덩어리를 두드리기 시작했다.

그의 변화된 공격 방식에 릴리스의 고운 아미가 찌푸려졌다.

'역시, 알아 차렸네.'

미궁이 무너져 내리는 속도가 점차 빨라지기 시작했다. 이미 돌이키기에는 너무 늦어버렸다.

대기에 흩어져 있던 마력들 중 십분의 일조차 제대로 흡수하지 못하고 있긴 했지만, 이제 와서 그만들 수도 없는 노릇이었다.

'좋았어!'

마음을 굳힌 그녀가 본격적으로 마력을 빨아들이기 시작했다.

지금까지와 달리 어마어마한 인력(引力)이 그녀의 주변에 생겨나기 시작했다.

"크읏!"

그 마력의 흐름으로 인해 엄청난 크기의 마력장이 생성되었다.

"엇!"

"허엇!"

그 순간 두 사람의 입에서 동시에 당황 섞인 음성이 터져 나왔다.

엄청난 마력장으로 인해 공간이 왜곡되면서 팽팽하게 힘을 겨루고 있던 두 마법이 영향을 받기 시작했기 때문이었다.

"크읏!"

"꺄아!"

결국 두 사람 모두 거의 동시에 자신이 발현한 마법의 지배력을 상실했다.

왜곡된 공간들 사이로 릴리스를 향해 몰려들던 마력들과 함께 두 사람이 발현한 마법이 빨려 들어갔다.

폭풍전의 고요.

숨소리 하나 들리지 않을 정도의 정막이 흘렀다.

그 긴장 가득한 순간이 잠시 흐르고 난 뒤 몸을 뒤흔드는 폭발이 일어났다.

뒤이어 엄청난 굉음을 동반한 마력의 폭풍이 사방으로 그 날카로운 갈퀴를 휘두르며 성난 야생마처럼 달려 나갔다.

마법을 유지하기 위해 온힘을 다하느라 지친 두 사람은 갑자기 찾아온 무력감에 사로잡혀 있던 와중에 날아든 광풍에 밀려 엄청난 속도로 날려갔다.

쿠쿠쿠쿠쿵!

이를 시작으로 조금씩 무너져 내리기 시작하던 미궁이 급속도로 붕괴하기 시작했다.

· ✦ ·

주기적으로 전해지는 거대한 마력의 파장이 유건의 발걸음을 잡아끌었다.

그로 인해 멈춰서있던 일단의 무리들은 곧이어 몰아닥친 광풍에 몸을 가누지 못해 이리 저리 휩쓸린 채 땅바닥을 나뒹굴어야 했다.

"이, 이게 대체!"

당황한 얼굴로 사방을 둘러보던 제임스의 눈이 부릅떠졌다.

"하, 하늘이?"

특유의 검붉은 빛을 띠고 있던 미궁의 하늘이 무너져 내리고 있었다.

"모두 한자리로!"

공중으로 날아오른 유건이 마력을 가득 담아 소리쳤다.

영혼을 뒤 흔드는 유건의 외침에 정신을 차리지 못한 채 우왕좌왕 하고 있던 수많은 사람들이 빠른 속도로 집결하기 시작했다.

열두 장의 날개를 모두 꺼내든 유건이 전력을 다해 힘을 개방했다.

그의 날개로부터 뻗어 나온 거대한 검은 장막이 수많은 사람들의 머리 위로 마치 돔구장의 그것처럼 서서히 내려앉았다.

아무것도 보이지 않는 칠흑같이 어두운 공간 내부로 둔중한 충격의 여파가 전해주는 울림이 지속적으로 울려 퍼졌다.

"유건은 괜찮겠죠?"

"그래야지, 분하지만 지금 상황에서는 그럴 거라 믿는 수밖에 없잖아."

"그러게요."

하루나의 걱정 가득한 눈에 비친 제임스의 얼굴이 심각하게 굳어져 있었다.

뭔가 계속해서 꼬이는 기분이었다.

'괜찮은 거냐?'

검은 장막이 건재한 걸로 보아 그는 무사한 것 같아보였다. 하지만 그럼에도 불구하고 걱정되는 건 어쩔 수 없었다.

언젠가부터 유건 한 사람에게만 무거운 짐을 계속해서 얹어주는 것만 같아서 마음이 어려웠던 제임스였다.

그런 그의 아련한 눈이 보이지 않는 검은 장막 너머에 있을 유건에게 향했다.

'미궁이 무너지는 건가?'

쉴 새 없이 몰아치며 자신이 만들어낸 반구 형태의 장막을 후려치는 마력의 폭풍을 바라보던 유건의 시선이 위로 향했다.

마치 조각난 유리 조각처럼 떨어져 내린 미궁의 하늘 위로 익숙한 푸른 하늘이 언 듯 언 듯 모습을 드러내기 시작했다.

그런 유건을 향해 마치 성난 파도처럼 마력의 폭풍이 휘몰아 닥쳤다.

"흥!"

자신을 향해 날아드는 바람을 향해 그가 가볍게 손을 휘둘렀다.

그러자 언제 그랬냐는 듯 바람이 잦아지며 부드러운 미풍으로 변해버렸다.

조금씩 드러나기 시작하던 하늘이 이제는 기존의 붉은 미궁의 그것보다 더 많아졌다.

쩌저정! 쩡! 쩌정!

귀를 찢는 굉음과 함께 공간 자체가 아예 소멸되어 버렸다.

평범한 일반인이었다면 그 충격의 여파를 견디지 못한 채 소멸되어 버렸겠지만, 유건과 그의 일행은 그 힘의 소용돌이 속에서도 안전할 수 있었다.

혼돈의 힘을 관장하는 이에게 혼돈과 파괴의 힘이 영향을 미친다?

지나가는 개가 웃을 일이었다.

무심한 표정으로 무너져 내리는 미궁의 잔재를 바라보던 유건의 눈빛이 빛났다.

"더 블랙…!"

저 멀리서 생생하게 느껴지는 기운, 그것은 바로 더 블랙 그자의 것이었다.

· ☩ ·

기세 좋게 처소를 나섰던 더 블랙의 정예 군단은 언제 그랬냐는 듯 꽁지에 불붙은 말들처럼 다시 그에게로 되돌아왔다.

제 아무리 힘의 세례를 통해 일반적인 마물들의 수준을 넘어섰다고는 하지만, 미궁 자체가 붕괴하는 마당에 그들로서는 할 수 있는 일이 아무것도 없었기 때문이었다.

"쯧."

나직이 혀를 찬 더 블랙이 손가락을 튕기자, 유건
의 그것과 유사한 검은 연기가 그들 모두를 뒤덮었
다.

그렇게 그들 모두를 보호한 더 블랙이 천천히 공
중으로 몸을 띄웠다.

"그들의 힘이 이 정도였을 줄이야."

그의 예상을 훨씬 웃도는 힘의 충돌이 만들어낸
변수였다.

그의 계획 속에는 미궁이 무너지는 일 따위는 존
재하지 않았다. 여인의 그것 같은 고운 그의 아미가
살짝 찌푸려졌다.

그러나 언제 그랬냐는 듯 금방 원래대로 되돌아
왔다.

"그래, 언제나 인간들은 이렇게 예측 불가능한 일
들을 만들어내곤 하지."

가볍게 웃던 그의 시선이 먼 곳을 향했다. 마치
누군가를 보고 있는 것처럼 한참을 쳐다보던 그가
입을 열었다.

"지금 오겠는가? 나의 대적자여."

두근.

순간 유건의 가슴이 거세게 두근거렸다.

당장이라도 그가 있는 곳을 향해 달려가고 싶었다.

갈증.

이는 지독한 갈증과도 같았다. 그를 죽이고 그의 피로 목을 축이고 싶었다.

자신이 사랑하는 이를 빼앗아간 그의 목을 짓밟고 그의 팔 다리를 차례대로 꺾어버리고 싶었다.

가슴이 타는 것처럼 뜨거워졌다.

"크윽!"

지독한 열병.

그의 가슴을 서서히 좀먹어 들어가는 그 열병의 한 가운데에 자리 잡고 있는 것은 더 블랙 그자의 마법이었다.

"카학!"

유건이 거칠게 기침을 하며 검은 타액을 뱉어냈다.

"헉헉헉헉"

오랜 세월 살아온 고룡들 조차 의식하지 못하는 사이 미쳐버리게 만든다는 용언 마법의 잔재였다.

"이, 이정도로 나를 굴복 시킬 수 있을 거라 생각했나?"

아무도 없는 공중을 향해 유건이 이를 드러내며 으르렁 거리듯이 말했다.

공간을 격하고 유건에게 저주 마법을 시전 했던 더 블랙의 얼굴에 처음으로 놀란 표정이 떠올랐다.

"제법이군, 정말이지 이 정도까지 성장할 줄이야."

그는 진심으로 감탄했다.

자신이 시전한 마법은 지금 당장은 아무런 증세가 없지만, 점차 독버섯처럼 자라나 결정적인 순간에 꽃을 피우며 상대를 죽음으로 몰고 가는 종류의 저주였다.

인간 마법사가 만들어낸 저급 마법을 자신의 방법으로 개량하고 보완해서 만들어낸 치명적인 마법이었다.

그런데 상대는 그것을 초반에 파악해내고, 또 그것을 그대로 이겨냈다.

내심 상대를 경시하고 있었던 더 블랙의 눈에 붉은 안광이 스쳐갔다.

"아주 제대로 익었군. 맛보기에 모자람이 없을 정도로…"

미궁의 입구가 자리하고 있던 지점에서부터 시작된 울림이 점차 그 크기를 더해갔다.

쩌저저적.

아무것도 없는 허공에서 시작된 그 소리를 시작으로 엄청난 대 지진이 일어났다.

애초에 몬스터들의 무작위적인 등장으로 인해 대부분의 시민들은 대피한 뒤라 인명피해는 그리 많지 않았지만, 대부분의 도시 건물들이 그대로 무너져 내렸다.

아이러니 하게도 피해를 입은 것은 인간들이 빠져나간 빈자리를 차지하고 있던 몬스터들이었다.

지진파를 감지한 각국의 인공위성들이 급히 방향을 돌렸다.

짧게는 30분에서 길게는 3-4시간정도의 시간이 흐르고 난 뒤, 각국의 수뇌부는 생전 처음 보는 거대한 건축물을 위에서 바라보는 형태로 눈앞에 자리한 모니터를 통해 접할 수 있었다.

"저, 저게 대체 뭔가?"

누군가의 물음에 대답할 수 있는 이는 아무도 없었다.

지구 역사상 단 한 번도 드러난 적 없었던 규모의 건축물이었다.

　태초의 마녀 릴리스가 자신만의 비처에서 오랜 세월에 걸쳐 만들어낸 미궁의 진정한 모습이 처음으로 사람들 앞에 공개되는 순간이었다.

　그 순간!

　이를 지켜보고 있던 이들 뿐만 아니라 전 세계에 퍼져있는 모든 인류의 머릿속에 목소리가 울려 퍼졌다.

　"들으라, 인간들이여!"

　그 목소리에는 도저히 거역할 수 없게 만드는 묘한 위엄이 서려있었다.

　잠시의 시간이 흐른 뒤 같은 목소리가 계속해서 말을 이어나갔다.

　"중간계의 조율자인 나 바하무트가 내 스스로의 이름을 걸고 선언 하노니, 나는 내가 지닌 모든 힘과 능력을 동원하여 너희 인간들을 말살할 것이다."

　자신들의 머릿속에서 울려 퍼지는 이 선언에 모

든 인류는 동시에 섬뜩함을 느꼈다.

누군가의 농간이나 집단 최면이라고 치부해버리기에는 그 말 자체에서 느껴지는 무게감이 남달랐다.

마치 그의 선언처럼 인류의 종말이 오는 것이 자연스럽게 느껴질 정도였다.

"지금 그런 나를 막기 위해 전 인류들 중 가장 강력한 힘을 지닌 이들이 내게 오고 있다. 자 보아라!"

그 순간, 전 인류의 머릿속에 마치 영화의 한 장면과도 같이 유건일행의 모습이 비춰졌다.

그들은 미궁을 감추고 있던 결계가 걷히고 난 뒤 폭풍처럼 몰아닥친 더 블랙의 수하들과 치열한 전투를 벌이고 있었다.

사람들의 머릿속에 떠오른 화면에는 그런 그들의 전투가 여과 없이 생생하게 비춰지고 있었다.

그 순간, 일급 요원들 중 하나가 동료를 구하기 위해 몸을 날렸다가 거대한 트윈 헤드 오우거의 손에 잡혀 산 채로 찢겨져 나가는 모습이, 사방으로 튀어 오르는 핏물이, 손에 잡힐 정도로 생생하게 확대되었다.

"아아…!"

"흐흑!"

"저, 저런!"

전 세계에서 이를 지켜보고 있던 사람들의 입에서 동시 다발적으로 다양한 반응들이 터져 나왔다.

이를 집중적으로 비추던 화면은 점차 뒤로 멀어지는가 싶더니 거대한 검은 날개를 활짝 펼친 채 수많은 몬스터들을 학살하다시피 하고 있는 검은 머리의 동양인을 비추었다.

"지금 보고 있는 저자가 너희 인류가 모든 힘을 다해 만들어낸 나의 유일한 대적자이다. 응원해라 인간들이여! 저자가 내 발 앞에 무릎을 꿇는 날, 너희 모두는 살아 있음을 저주하며 울부짖게 될 테니… 크크크큭. 그럼 지금부터 이 모든 것들을 지켜보며 나름대로 열심히 발버둥 쳐 보거라."

그 말을 끝으로 더 이상 목소리는 들리지 않았지만, 그 모든 것이 환각이 아니었음을 알려주는 것처럼 여전히 모두의 뇌리 속에 생생한 전투 장면이 지속적으로 펼쳐지고 있었다.

이는 눈을 감고 있든지, 아니면 눈을 뜨고 있든지

상관없이 어디서나 동일하게 보여졌다.

심약한 이들은 그 잔인한 장면들을 차마 볼 수 없어 혼절하기도 했지만 그것도 그때 뿐, 다시 정신을 차리는 순간부터 그 광경은 여전히 그들의 뇌리 가운데 선명하게 자리 잡고 있었다.

"제발…."

"제발…."

"부디, 저들을 지켜주소서…."

그 누가 먼저랄 것도 없이 시작된 그들을 위한 염원들이 전 세계 곳곳으로 퍼져나갔다.

아무런 힘이 없는 이들은 그들의 승리를 기원했지만, 조금이나마 힘을 갖춘 이들은 자리를 박차고 일어났다.

누가 알려준 것도 아닌데, 그들을 도와야 한다는 하나의 생각이 강하게 그들 모두를 붙잡았다.

그렇게 역사상 유례가 없었던 기적이 일어났다.

＊

미국 애리조나 사막 지하에 자리 잡은 비밀 기지.

사로잡은 몬스터들을 연구하기 위해 만들어진 그곳이 오고가는 사람들로 분주했다.

사람들이 오고가는 통로 여기저기서 비상을 알리는 붉은 빛이 번뜩이고 있었다.

"뭐하고 있나? 서둘러! 모든 장비들을 옮겨 싣는다. 단 하나도 남기지 말고 모조리!"

그간 연구를 통해 만들어진 수많은 대 몬스터 전용 무기들이 거대한 수송기 안으로 차곡차곡 실렸다.

그렇게 주유를 마치고 출발 대기를 하고 있는 수송기가 자그마치 50여대가 넘었다.

한곳에서는 질서정연하게 도열한 군인들이 앞에서 있는 지휘관을 쳐다보고 있었다.

"제군들! 말하지 않아도 충분히 알거라 생각한다. 지금도 같은 장면을 보고 있을 테니…."

그 순간 뇌리 속 영상을 통해 이름 모를 몬스터의 날카로운 손톱에 의해 목이 날아간 이름 모를 요원의 모습을 본 그가 잠시 눈살을 찌푸린 뒤 말을 이었다.

"이대로 간다면, 살아 돌아오긴 힘들 거다. 하지만! 그렇다고 해서 우리가 손가락만 빨면서 구경해야 하는 건 아니지! 이런 제기랄!"

거듭 죽어 나가는 이름 모를 이들의 시체가 몬스터들에게 짓밟히는 모습에 분통을 터트린 그가 이를 갈며 외쳤다.

"가서! 저 망할 것들을 모조리 지옥으로 쳐 넣어
주자! 모두 출발!"

그의 핏발 선 눈이 묵묵히 걸음을 옮기는 특수 요
원들의 뒷모습을 잠자코 지켜보다가 자신의 자리로
천천히 걸어갔다.

미국 정부가 가장 많은 예산과 인재를 쏟아 붓다
시피 하며 탄생시킨 기적의 부대. 레드 스네이크 소
속 군인 5231명을 태운 수송기가 차례대로 하늘을
향해 날아올랐다.

중간에 공중 급유를 하게 된다면 시간을 많이 단
축 할 수 있을 터였다. 지금과 같은 사태에서 자국
의 영공을 지난다 해서 불만을 가지는 나라는 없었
다.

창밖으로 보이는 검은 하늘과 머릿속에서 여전히
생생하게 보여 지는 장면을 동시에 쳐다보던 지휘
관 맥 더글라스가 조용히 뇌까렸다.

"그래, 네놈 말대로 어디 한번 해보자고."

●　☃　●

그 순간 전 세계 곳곳에서 수많은 비행기들이 하

늘위로 날아올랐다. 그리고 각종 항공모함을 비롯해 그 존재 자체가 극비에 속하는 수많은 잠수함들이 유럽으로 향했다.

기존의 은밀함 따위는 없었다. 각기 자신의 존재를 널리 알리며 모든 통신 채널을 공유했다.

그들 모두의 뇌리 속에 자리 잡은 화면은 절대 불가능하다 여겼던 인류의 통합을 만들어냈다.

모든 국가가 자신들이 지닌 모든 무력을 공개했다. 그리고 이를 적극 활용해 가장 빠른 속도로 최후의 결전이 벌어지고 있는 유럽으로 병력들을 실어 나르기 시작한 것이었다.

또한 전 세계에 널리 퍼져 있던 몬스터 잔당들은 언제 그랬냐는 듯 순식간에 소거되었다.

이름 모를 능력자들이 대거 나타나 거의 동시에 그들 모두를 쓸어버렸기 때문이었다.

중국과의 국경에 세워진 철벽의 방벽.

그 위에서 쉴 새 없이 몰려드는 몬스터 군단을 막아내는 일이 충실하던 박창선 육군소장의 굵은 눈썹이 꿈틀거렸다.

저 멀리서 일어난 엄청난 먼지 구름이 시야에 잡혔기 때문이었다.

"전군 비상!"

그의 외침에 따라 요란한 사이렌 소리가 방벽 전체로 퍼져나갔다.

조금 전 몰려든 몬스터들을 처리한 뒤 잠시 휴식을 취하러 거처로 돌아갔던 강지환이 젖은 머리를 채 말리지도 못한 채 모습을 드러냈다.

"무슨 일입니까?"

"저걸 좀 보게나."

망원경을 건네는 박창선 육군소장의 얼굴을 가만히 쳐다보고 있던 지환이 이를 받아 들었다.

"저건 대체…."

자신 또한 유건 일행이 치열하게 전투를 벌이고 있는 모습이 뇌리를 장악한 상태이긴 했지만, 그렇다고 해서 당장 여기를 떠날 수도 없는 노릇이었기에 발만 동동 구르고 있던 상황이었다.

잠시 후 그의 눈에 먼지구름을 만들어 가며 내달리고 있는 몬스터들의 얼굴 표정이 들어왔다.

'응?'

그들의 얼굴에 서려 있는 것은 광기가 아닌 공포였다.

"뭔가 좀 이상한데요?"

들고 있던 망원경을 박창선 소장에게 건넨 지환

125

이 공중으로 날아올랐다.

엄밀히 말하자면 눈에 보이지 않을 정도의 투명한 얼음으로 발판을 만들어내 이를 밟아가며 이동하는 것이긴 했지만, 평범한 이들의 눈에는 공중을 자유자재로 날아다니는 것처럼 보였다.

"호오~!"

조금 다가간 지환의 눈에 엄청난 속도로 달려드는 수를 셀 수 없을 정도로 많은 몬스터 군단들과 그들의 뒤를 쫓는 일단의 무리들의 모습이 들어왔다.

마치 고대의 군대가 현현한 것 같은 차림을 한 수많은 무장들이 도망치고 있는 몬스터 군단을 뒤쫓으며 처지는 녀석들을 순식간에 도륙하고 있었다.

"새로운 타입의 능력자들 인건가?"

미친 듯이 내달리던 녀석들은 결국 철벽과도 같이 단단한 장벽에 가로막힌 채 뒤쫓던 이들과 조우할 수밖에 없었다.

"키에에엑!"

녀석들로도 어쩔 수 없는 상황, 곧이어 처절한 혈투가 펼쳐졌다. 장벽위에서 이를 지켜보고 있던 군인들도 이들을 지원하기 위해 총공세를 펼쳤다.

철벽처럼 퇴로를 막아선 의문의 무리들로 인해

몬스터들은 하나둘 씩 무너져 내리기 시작했다.

얼마 시간이 지나지 않아 더 이상 두 다리로 서있는 몬스터는 찾아볼 수 없었다.

유명한 관우의 환신과도 같아 보이는 외양을 한 인물이 거대한 언월도를 휘둘러 핏물을 털어냈다.

그에게 다가간 지환이 조심스럽게 말을 건넸다.

"안녕하십니까?"

"반갑소, 그대가 그 유명한 아이스 에이지 강지환 요원 이로군."

"아, 저를 알고 계십니까?"

"허허허허, 저 드넓은 대륙에까지 그 명성이 자자한 이를 몰라본다면 그야말로 아둔한 멍청이겠지."

호탕한 심성이 그대로 전해질 정도로 시원한 웃음소리였다.

"……."

말없이 서있는 지환을 향해 그 사내가 솥뚜껑만한 손을 내밀었다.

"나는 비밀방첩기관인 만순대(萬盾隊) 소속 치율극이라고 하외다."

"가드 대한민국 지부 소속 강지환입니다."

"이걸 보고도 가만히 숨어 있을 수가 없어서 말이지…"

자신의 관자놀이를 톡톡 두드리며 쓰게 웃는 그의 말에 돌아가는 상황을 단번에 알아차린 지환이었다.

"그렇다면?"

"현재 중국대륙 내에 자리 잡은 대부분의 몬스터 무리들은 거의 정리가 되고 있는 상황입니다. 숨겨왔던 모든 힘을 총동원해서 국토 전역을 정리하고 그들을 도우라는 절대적인 명령이 내려졌지요."

"역시나, 그랬군요."

"같이 가시겠소이까?"

그의 물음에 저 멀리 우뚝 솟아있는 장벽을 한차례 바라본 그가 시원하게 웃으며 답했다.

"물론입니다."

＊

치열한 전투 현장.

자신들의 모습이 전 인류의 뇌리 속에 생중계 되고 있다는 사실을 까맣게 모르고 있는 일급 요원들이 쉬지 않고 달려드는 몬스터 무리들을 밀어내기 위해 사력을 다하고 있었다.

"제임스 오른쪽을 지원해줘요!"

"맡겨두라고!"

하루나의 말에 제임스가 오른쪽 방향으로 달려 간지 얼마 지나지 않아 거대한 불기둥이 하늘 높이 솟구쳐 올랐다.

제때 힘을 더해준 그의 활약 덕분에 점차 밀리기 시작하던 오른쪽 전선에 여유가 생겨났다.

전투가 벌어지고 있는 모든 전장을 아우르고 있 는 하루나의 얼굴에서 굵은 땀방울이 흘러내렸다.

유건의 활약 덕분에 붕괴되는 미궁 안에서 별다 른 손해를 받지 않은 그들은 어둠의 막이 걷히고 난 뒤 곧바로 몰아닥치는 엄청난 숫자의 몬스터들 때 문에 제대로 사태를 파악할 여유조차 갖지 못했다.

시리도록 푸른 하늘과 치열한 전투와 어울리지 않는 따뜻한 햇살은 이곳이 더 이상 미궁 내부가 아 님을 분명하게 알려주고 있긴 했지만, 돌아가는 상 황을 파악하기엔 손에 들어온 정보가 너무 부족했 다.

게다가 이 말로 표현하기 힘들 정도로 많은 수의 몬스터들은 다 어디서 온 것이란 말인가?

비단 그것뿐만이 아니었다. 각 개체가 지니고 있 는 강함은 기존의 몬스터에 대한 모든 기준을 송두 리째 뒤엎을 정도로 뛰어났다.

그들 하나하나가 얼마나 강한가 하면 선별된 일급 요원 둘 셋이 모여야 그 하나를 겨우 상대할 수 있을 정도였다.

밀리는 곳에서 하루나의 지휘에 따라 제때 활약을 해주는 일행들이 없었다면, 진즉에 전멸 당했을 만큼 몰려드는 적들은 강력했다.

게다가 가장 강력한 전력인 유건이 마치 무언가에 매이기라도 한 것처럼 처음 모습 그대로 공중에 머물고 있었기에 전세를 뒤집어엎을 만한 계기를 마련하기가 어려웠다.

그녀가 무의식중에 아랫입술을 깨물었다.

비릿한 핏물이 입안으로 스며들어왔다. 무언가 이 이 상황을 뒤집어 엎을만한 변수가 필요했다.

바로 그 때, 그녀의 소리 없는 외침에 응답하기라도 하듯이 좌측에서 몰려들던 몬스터들의 후방에서 거대한 기세가 치솟았다.

"우오오오오오!"

수많은 이들이 한꺼번에 소리를 지르며 기세를 높이자, 맹렬하게 공격을 퍼부어대던 몬스터들의 시선이 자연스럽게 뒤로 돌아갔다.

그렇게 생겨난 기회를 그냥 지나칠 하루나가 아니었다.

그녀는 곧바로 자신의 곁을 지키고 있던 예비 병력을 좌측으로 보내 방어벽을 좀 더 두텁게 보완했다.

자신의 안위는?

그녀는 누군가의 보호가 필요할 정도로 약한 여인이 아니었다.

이를 증명하기라도 하듯이 하늘을 맴돌다가 기회를 노려 낙하한 비행형 몬스터 하나가 그녀의 주먹에 맞아 그대로 머리가 터져나갔다.

'대체 누구지?'

마치 미리 작전을 맞추기라도 했던 것처럼 때마침 적들의 뒤를 공격해준 의문의 세력에 고마운 마음이 들었지만, 한편 의아한 마음이 들기도 했다.

그러기도 잠시, 이내 우측방향에서도 거대한 굉음이 터져 나오며 흙덩이들이 솟구쳤다. 뒤이어 몬스터 무리들 사이사이에 거대한 구덩이들이 생겨나기 시작했다.

그 주변으로 팔다리가 떨어져나가고 몸이 찢겨져나간 각종 몬스터들의 울부짖는 소리가 어지럽게 메아리쳤다.

'포격?'

단순한 물리적인 운동 에너지 외에 기타 다른 폭
발물 등은 몬스터들에게 별다른 영향력을 미치지
못했다.

그렇기에 일반적인 포격으로는 저런 광경을 만들
어낼 수 없었다.

뒤이어 커다란 포물선을 그리며 작은 포탄 하나
가 떨어져 내렸다.

뛰어난 동체시력을 지닌 하루나는 그 포탄 표면
에 새겨진 마법진을 발견해 낼 수 있었다.

'마법진으로 위력을 더한 건가?'

더 가드 내에서도 현대적인 무기에 마법을 접목
시키려는 시도는 오래전부터 있어 왔지만, 이는 그
리 쉬운 일이 아니었다.

그녀가 알기에도 최근 생산된 프로토 타입 또한
불량률이 높아서 실전 배치되기에는 어렵다고 최종
평가를 받았었다.

그런데 지금 그녀가 생각에 잠겨 있는 순간에도
수많은 포탄들이 몬스터들의 머리위로 떨어져 내리
며 우측 진영을 뒤흔들고 있었다.

그 포탄들이 터지며 만들어낸 광경은 그녀에게도
무척이나 친숙한 각종 마법의 향연이었다.

하나의 폭탄이 틀어박히며 사방으로 얼음 기둥을

쏘아 보냈다. 또 다른 곳에서는 강력한 열풍이 회오리치며 몬스터들의 진형을 휩쓸었다.

그 갑작스러운 기습으로 인해 우왕좌왕 하기도 잠시, 기본적인 항마력이 월등히 뛰어난 이 릴리스의 자식들은 쉴 새 없이 터져 나오는 마법의 폭풍 속에서도 하나 둘 뭉쳐가며 진영을 굳건하게 다져나갔다.

한참동안 이어진 포격이 끝난 직후, 우레와 같은 함성을 질러가며 일단의 무리들이 자리를 굳히고 있던 몬스터들에게 쇄도했다.

좌측에서 시작된 지원으로 인해 생겨난 작은 여유는 곧바로 이어진 우측의 지원으로 인해 한층 더 커졌다.

겨우 숨통이 트이자 숨을 크게 들이켠 하루나가 곧바로 지원을 향해 나가있는 일행들을 불러 모았다.

하나같이 엉망이 된 몰골로 되돌아 온 그들 모두의 얼굴에 떠올라 있는 것은 의문의 세력에 대한 궁금증이었다.

"저들이 누구인지는 저도 잘 모릅니다. 다만, 우리를 돕기 위해 왔다는 것만은 분명합니다. 그보다…."

말을 잇던 하루나의 시선이 공중으로 향했다. 그곳에는 한곳을 바라보며 미동조차 하지 않은 채 떠있는 유건이 있었다.

"이유는 잘 모르겠지만, 조금 전부터 유건의 상태가 이상합니다. 우리의 목적은 이곳에서 마물들과 싸우는데 있는 것이 아니라 유건을 더 블랙 그자의 앞에 가장 최상의 상태로 세우는 데에 있다는 걸 잊지 말아야 합니다."

"어떻게 하면 되겠소?"

장 루이의 묵직한 저음이 모두의 심정을 대변했다.

"그를 데리고 목적지까지의 가야 합니다, 그러기 위해 이곳을 단숨에 돌파합니다."

"그렇다면 저들은?"

제임스의 물음에 하루나의 맑고 투명한 눈동자가 작게 흔들렸다.

"지금 중요한 건 그게 아닙니다."

마치 스스로에게 다짐이라도 하듯이 강하게 대답하는 그녀의 말에 제임스가 피식 웃으며 팔을 뻗었다. 그리고 그대로 그녀를 품으로 끌어들였다.

"너무 혼자 무리하지 마, 넌 혼자가 아니니까."

"…으응."

134 절믈자6

말없이 그의 가슴에 고개를 파묻은 하루나가 작게 고개를 끄덕였다.

"장 루이, 유건을 부탁하지."

"으음."

때마침 유건이 정신을 잃은 채로 바닥을 향해 떨어져 내렸다. 그를 받아든 장 루이가 곧바로 들쳐 업었다.

"가지."

"오케이! 길은 내가 만들 테니 따라만 오라고오! 하아압!"

그의 외침과 동시에 거대한 불의 창이 전면을 향해 엄청난 속도로 뻗어나갔다.

자연스럽게 생겨난 불의 통로.

세 사람이 곧바로 그곳을 향해 몸을 날렸다.

이미 하루나의 의지는 일급 요원들을 이끌고 있는 밀리언에게 전해져 있었다.

길을 뚫어내기 위해 전력을 다하는 그들의 뒷모습을 가만히 바라보고 있던 밀리언이 속으로 간절히 기원했다.

그 누구도 그들을 주목하지 않는 지금.

전 인류의 존망을 건 싸움의 최전선으로 그들이 떠나고 있음을 잘 알고 있었기 때문이었다.

'승리를 기원합니다.'

아련한 눈으로 그들의 뒷모습을 바라보고 있던 그가 가볍게 고개를 털어내며 전장을 훑어나갔다.

마법의 도움을 받은 그의 목소리가 전장 전역으로 우렁차게 울려 퍼졌다.

"지원군이 도착했다! 모두 3인 일조를 기본으로 몬스터들을 상대해라. 무리하지 말고 버틴다는 생각으로 방어에 전념한다! 자신의 목숨을 가볍게 여기지 말도록!"

지원군이 도착했다는 말에 지쳐가던 이들의 얼굴에 생기가 돌기 시작했다.

여전히 강력한 몬스터들의 숫자가 셀 수 없을 정도로 많긴 했지만, 희망의 불길이 새롭게 일어난 인간들의 반격 또한 만만치 않았다.

· ⁂ ·

"아, 아으으으…"

할리퀸 그녀가 눈을 뜨자마자 느낀 것은 지독한 통증이었다. 마치 온몸의 뼈마디가 모조리 부러져 나간 것 같은 극통이 쉴 새 없이 밀려왔다. 절로 새어나오는 신음소리를 애써 참아가며 고개를 돌

리던 그녀의 시야에 형체를 알아보기 힘들 정도로
처참하게 구겨져 있는 익숙한 이의 모습이 들어왔
다.

"어, 어머니…."

그녀는 본능적으로 그것(?)의 정체가 자신의 어
머니인 태초의 마녀 릴리스임을 깨달았다.

미약하게 이어지고 있는 호흡.

그녀와 태어날 때부터 이어져 있는 운명의 끈에
서 느껴지는 생명력이 금방이라도 꺼질 것처럼 흐
릿하게 느껴졌다.

"아, 안 돼…."

그녀는 정신이 아득해질 정도의 고통을 참아가며
릴리스를 향해 기어갔다. 억지로 몸을 움직이자 그
고통의 정도가 훨씬 더 심해졌다.

자신 또한 죽어가고 있다는 사실이 확연하게 느
껴졌다. 그러나 자신이 죽더라도 존재의 근원인 어
머니는 살려야한다는 생각이 그녀의 엉망으로 꺾여
버린 팔 다리에 힘을 실어주었다.

억겁같이 느껴지는 시간동안 그녀는 부지런히 몸
을 움직였다. 그녀가 움직인 길을 따라 검붉은 핏물
이 물감처럼 번져나갔다.

"제, 제발…."

그녀의 눈에서 떨어져 내린 눈물방울이 형체를
알아보기 힘들 정도로 엉망이 되어버린 릴리스의
몸 위로 떨어져 내렸다.

그리고는 그 눈물방울이 그대로 그녀의 몸 안으
로 흡수되어 순식간에 자취를 감췄다.

애초에 할리퀸 그녀의 존재는 태초의 마녀 릴리
스로부터 기인한 것.

본능적으로 어떻게 해야 할지를 깨달은 그녀가
곧바로 자신의 손목을 물어뜯었다.

턱에 힘이 없어서 수차례 반복하고 나서야 비로
소 핏물이 떨어져 내리기 시작했다.

툭. 툭툭. 후투투툭.

점점이 떨어져 내리던 핏방울은 이내 점차 그 양
이 많아졌다.

떨어져 내리는 핏물의 양이 많아지면 많아질수록
릴리스의 상태가 급격하게 호전되기 시작했다.

형체를 알아보기 힘들던 몸이 점차 이전의 형태
를 회복하는가 싶더니 점차 생기가 돌았다.

"아, 아아…!"

그 모습을 눈물 가득한 눈으로 내려다보던 할리
퀸이 희열에 가득 찬 탄성을 토해 냈다.

그러기도 잠시 이내 눈앞이 흐릿하게 변하는가

절음자6

싶더니 눈꺼풀이 감겨왔다.

"다, 다행입니…."

할리퀸은 채 말을 맺지도 못한 채 핏기 하나 없이
창백해진 얼굴로 자신의 어머니인 릴리스의 몸 위
로 쓰러졌다.

· ❖ ·

궁극의 마법이 부딪힌 현장.

제 아무리 태초의 마녀인 릴리스라 할지라도 무
사할 수 없을 정도의 마력 폭풍이 사방으로 몰아닥
쳤다.

그녀가 지닌 힘의 근간이었던 미궁이 무너져 내
리면서 새어나간 마력의 빈자리를 채울 수조차 없
었기에 그 피해는 더욱 커질 수밖에 없었다.

그건 그녀와 대적하고 있던 메테우스도 마찬가지.

그는 태반의 힘이 떨어져 내리는 유성에 의해 소
실되긴 했지만, 궁극의 화염 마법이라 할 수 있는
헬 파이어에 직격당하고 말았다.

게다가 대부분의 힘을 유성을 소환시키고 이를 자
신의 뜻대로 움직이는데 써버렸기 때문에 작은 방어
막조차 소환해내지 못했다. 그 결과는 참혹했다.

처음으로 마학의 세계를 발견하고 마법을 깨달아 대마도사의 경지에 오르며, 신화 속에서 인류에게 불을 전해준 위대한 인물로 자리매김 했던 그 위대한 마법사 프로메테우스가 아이러니하게도 지옥의 불꽃에 의해 소멸되고 만 것이었다.

거듭 존재의 근원을 향해 회귀하며 무한한 영생의 삶을 손에 넣은 것처럼 보이던 그였건만, 뜻밖의 장소에서 일생의 대적을 만나 허무하게 생명을 잃고 말았다.

그와 마찬가지로 존재의 소멸 이라는 위기를 맞았던 태초의 마녀 릴리스는 할리퀸의 희생 덕분에 새로운 기회를 얻을 수 있었다.

그렇게 영원한 안식을 향해 나아가던 그녀의 발걸음이 묶였다.

그 인과의 흐름 속으로, 인간들의 영원한 삶을 향한 갈구로 점철되어 있는 유한한 세계 속으로 다시금 끌려들어갔다.

번뜩.

그녀의 눈이 뜨였다.

눈을 뜨자마자 오른손을 움직여 자신의 품에 안긴 채 숨을 거둔 사랑하는 아이의 머리를 부드럽게 쓸어내렸다.

140

"네가 나를 다시 불러 왔구나."

안타까움, 아쉬움, 기쁨, 슬픔…

다양한 감정이 뒤섞인 묘한 표정으로 푸른 하늘을 쳐다보고 있던 그녀가 천천히 몸을 일으켰다.

핼쑥한 얼굴, 며칠은 굶은 것 같이 병약한 모습을 하고 있긴 했지만 그 특유의 색기는 여전했다.

폐허가 되어버린 주변을 둘러보았다. 그 가운데 살아 숨 쉬고 있는 것은 자신이 유일했다.

"메테우스…."

그의 기운이 느껴지지 않았다. 일생의 대적이었건만, 이렇게 막상 이기고 나니 허무함이 먼저 찾아왔다.

그의 손에 생을 마감한 수많은 자식들을 생각하면, 무척 통쾌할 것만 같았는데 이겼다는 사실을 알았음에도 불구하고 그리 기쁘지 않았다.

오히려 오랜 친우를 잃은 것 같은 묘한 상실감이 몰려왔다.

대적을 앞에 두고 생사가 오고가는 치열한 싸움을 벌이고 나니 비로소 눈앞을 가리고 있던 안개가 걷히는 것 같았다.

"내가 저주에 걸려 있었다는 말인가?"

그녀가 자신에게 걸려있던 저주를 인식하는 순

간, 그녀의 머리에서 회백색 연기가 가늘고 길게 빠져나갔다.

더 블랙 그자가 걸어놓았던 복종의 인이 해제 되며 비로소 태초의 마녀 릴리스 그녀 본연의 모습을 되찾게 된 것이었다.

"수치스럽군."

그동안 그녀가 더 블랙 그자의 의도대로 행동해왔던 모든 순간들이 주마등처럼 스쳐지나갔다. 그녀의 고운 아미가 사납게 일그러졌다.

제 아무리 그녀가 마녀라는 이름을 부여 받고 인간들에게 배척 받았다고 하더라도, 그녀는 엄연히 이 세계에 속한 존재.

다른 세계에서 건너와 이곳의 멸망을 원하는 이의 수족이 될 생각은 전혀 없었다.

'복수?'

그녀의 머릿속에 문득 떠오른 단어였다.

피식.

자조 섞인 웃음이 그녀의 매력적인 입가에 머물렀다.

복수 같은 인간들의 감정에 매몰되기엔 그녀가 살아온 삶이 너무 길었다.

의무, 그래 의무였다.

그녀가 이곳 세계에 속한 자이기 때문에 자연스럽게 갖게 되는 수호의 의무.

그녀가 천천히 몸을 일으켰다.

저 먼 곳에서 느껴지는 대적의 기운을 따라 고개를 돌렸다.

#23. 아마겟돈(Armageddon)

NEO MODERN FANTASY STORY

적응자

#23. 아마겟돈(Armageddon)

 정신을 잃은 유건을 들쳐 메고 달려가는 장 루이의 미간이 점점 찌푸려졌다.

 그러다 이내 그의 입에서 잔뜩 억누른 신음 소리가 흘러나왔다.

 "크윽."

 "응?"

 그 소리에 무언가 이상하다는 사실을 알아차린 하루나가 멈춰 섰다.

 "장 루이? 무슨 일이에요?"

 "크헉…."

 장 루이는 그녀의 물음에 답하기는커녕 급기야

각혈을 하며 그 자리에서 무너져 내렸다.

"저런!"

제임스가 놀란 얼굴로 달려와 그를 부축했다.

바닥으로 떨어져 내릴 뻔 했던 유건은 하루나가 끌어안았다. 그 순간, 그녀는 장 루이에게 일어난 일이 무엇이었는지 곧바로 깨달을 수 있었다.

'힘을 흡수해?'

자신의 이능은 물론이거니와 몸 자체를 구성하는 에너지 자체가 유건의 몸으로 빨려 들어가기 시작했기 때문이었다.

점차 그 속도가 더해지는가 싶더니 이내, 마치 둑이 터지기라도 한 것처럼 급격하게 힘이 빠져나갔다.

"도, 도와줘요 제임스!"

그 짧은 시간동안 빠져나간 에너지의 손실이 너무나도 컸기에 하루나의 얼굴은 마치 수분이 모조리 빠져나간 미이라의 그것처럼 변해 있었다.

"뭐, 뭐야 대체?"

그제야 상황의 심각성을 알아차린 제임스가 유건의 신형을 발로 걷어찼다.

아교로 붙여 놓은 것처럼 떨어지지 않던 유건의 신형이 전력을 다한 제임스의 일격에 얻어맞고 난

후에야 떨어져 나갔다.

"허억, 허억…."

바닥에 엎드린 채로 한참동안 숨을 헐떡거리던 하루나의 얼굴에 조금씩 생기가 돌아오기 시작했다.

이능을 각성한 각성자들은 그 기본적인 체력의 한계치라는 것이 존재하지 않았다. 이능을 각성한 직후부터 죽기 직전까지 쉬지 않고 샘솟는 활력을 손에 넣기 때문이었다.

덕분에 두 사람 모두 많은 에너지를 뺏기긴 했지만 얼마 지나지 않아 원래의 모습을 회복할 수 있었다.

"저 녀석 일부러 그런 건 아니겠지?"

나직이 투덜거리는 제임스의 옆구리를 하루나가 꼬집었다.

"아욱! 그런 악력을 가지고 꼬집는 건 반칙이라고!"

"흥! 그게 지금 상황에서 할 말이에요?!"

"큼큼…."

눈을 흘기는 하루나의 시선을 피해 고개를 돌린 제임스가 연신 딴청을 피웠다.

하루나와 마찬가지로 기운을 차린 장 루이가 여전히 미간을 찌푸린 채 입을 열었다.

"그리 오랜 시간은 아니었지만… 마치 끝이 보이지 않는 무저갱으로 온 몸이 빨려 들어가는 기분이었다."

"흐음… 저도 비슷한 기분이었어요. 마치 내 존재 그 자체가 빨려들어 가는 기분이었죠. 대체 뭐가 문제인걸까요?"

"거기에 대한 답은 제가 해드려야겠군요."

"유건!"

"이 자식!"

언제 정신을 차린 건지 몰라도 침착한 얼굴을 한 채 바닥에 앉아 있던 유건이 서서히 몸을 일으켰다.

그가 제임스를 바라보며 말했다.

"아무리 사랑하는 여인이 위험한 상황이었다지만, 힘이 너무 과한 거 아닙니까?"

짐짓 아프다는 듯 옆구리에 손을 얹은 유건이 엄살을 피우며 하루나를 향해 한쪽 눈을 찡긋 거렸다.

"이…야! 그, 그건… 내가 뭘 얼마나 세게 걸어찼다고 엄살이냐 엄살이?"

제대로 각성을 하기 전, 비교적 유쾌했던 유건의 옛 모습 그대로였다.

그제야 유건이 무겁게 가라앉은 분위기를 털어내고자 일부러 그랬다는 사실을 깨달은 하루나가 기

150

분 좋게 웃음을 터트렸다.

"풋! 푸하하하"

"진짜로 아팠다니까요?"

"이, 이게 그래도!"

"아하하하, 장난입니다 장난."

아주 잠깐이지만 처음 그들이 만났던 그 때로 되돌아간 것 같았다. 아주 오래 된 것 같이 느껴지는, 다시는 되돌아 갈 수 없는 그때로…

그런 그들의 모습을 흐뭇하게 지켜보고 있던 장 루이가 유건을 향해 물었다.

"대체 내가 느낀 그건 뭐였지? 그건, 마치… 온 세상을 다 집어 삼킬 것만 같은 그런 무언가였어."

가늘게 몸을 떨어대며 자신이 그 순간 느꼈던 감정을 회상하던 장 루이의 눈에 서려 있는 것은 미지의 무언가에 대한 근원적인 공포였다.

"나도 마찬가지예요."

무겁게 가라앉은 눈으로 장 루이를 쳐다보고 있던 하루나가 그의 말을 받았다.

"후우… 얘기가 조금 길어질 것 같은데 좀 앉을까요?"

길게 한숨을 내쉰 유건이 무덤덤하게, 마치 남의 이야기를 하듯이 그렇게 말을 이어나갔다.

이야기를 듣는 내내 그들 세 사람의 표정이 시시각각 변해갔다.

유건의 탄생에 얽힌 비화.

그의 아버지를 비롯한 초대 각성자들의 치혈한 혈투. 그리고 죽음.

아나지톤이 감탄할 정도의 천재적인 능력을 자랑했던 유건의 아버지 백차승 박사.

그를 통해 만들어진 유건은 실제로 인간이라고 하기에는 무리가 느껴질 정도의 이질적인 존재로 변해 있었다.

조금 전 생명의 위협을 느끼게 된 경험을 통해 이를 깨달은 두 사람의 얼굴에 짙은 그늘이 내려앉았다.

"뭐, 간단히 말하자면 이렇습니다."

별일 아니라는 듯 대수롭지 않은 말투로 이야기를 끝낸 유건이 일행들에게 생각할 시간을 주기 위해 말없이 기다렸다.

"그렇다면 네 안에 있는 그 기운이?"

"네, 태초의 근원에서 파생한 파괴의 기운, 혼돈입니다. 이 세상에는 존재해서는 안 될 힘이죠."

"유, 유건은 대체 어쩔 생각인거죠?"

흔들리는 눈으로 자신을 바라보는 하루나를 향해 유건이 환하게 웃으며 답했다.

"그건, 일단 그 검은 도마뱀 녀석부터 때려잡고 생각해보죠. 그 녀석한테 돌려받을 소중한 것도 있으니까요."

"아아!"

그제야 성희의 존재를 떠올린 하루나의 입에서 탄성이 터져 나왔다.

어떻게 그동안 그 아이를 잊고 있었던 걸까?

"누님 탓이 아니에요, 다 그 몹쓸 녀석의 장난 때문인 거죠."

자신의 관자놀이를 톡톡 두드리며 가볍게 말을 던진 유건이 손가락을 튕겼다.

그러자 이내 세 사람의 정수리에서 희뿌연 기운이 빠져나갔다.

"허억!"

"헛"

"이런!"

세 사람의 입에서 동시에 경악성이 터져 나왔다.

그간 알게 모르게 영향을 받아왔던 더 블랙의 저주 마법에서 벗어나면서 잊고 있었던 사실들이 한꺼번에 밀려왔기 때문이었다.

그런 그들의 귓가에 유건의 말이 들려왔다.

"각 사람마다 조금씩 다르긴 하지만, 우린 이곳 미궁에 발을 내디딘 순간부터 그의 마법의 영향력 아래 있었습니다. 일종의 정신계열 마법인 것 같더군요."

"그런 일이!"

일행들 중 항마력이 가장 높은 제임스가 믿기 힘들다는 듯 소리 쳤다.

"알기 힘들었던 이유가, 대기 중에 퍼져있던 마력을 호흡하면서 조금씩 발동하도록 만들어져 있더군요. 그리고 그 안에서 우리가 방출했던 모든 에너지는 더 블랙 그자에게로 흡수된 것 같습니다. 이미 돌이키기에는 늦었지만요."

"말도 안 돼!"

그의 말이 전해주는 믿기 힘든 사실에 하루나의 얼굴이 경악으로 물들었다.

그녀가 각성한 멀티태스킹 능력이 순식간에 더 블랙 그자에게 흡수된 힘의 크기를 계산해 냈기 때문이었다.

"게다가 각자에게 정신계 마법을 걸어서 가장 효과적으로 힘을 흡수하도록 유도했던 거죠. 저희는 거기에 휩쓸렸던 거구요."

154

"당했군."

"크크큭, 그런 치졸한 짓을 벌일 줄이야. 명색이 다른 세계의 반신과도 같은 존재라더니…."

"뭐, 그에게는 이 모든 게 일종의 유희이겠지만, 놀 때도 최선을 다한다? 뭐 이런 주의라고 하더군요."

"재수 없어."

하루나의 입에서 싸늘한 말이 새어나왔다.

"동감입니다. 저도 그 마법에서 벗어나기 위해 꽤나 발버둥 쳐야 했으니까요. 혼돈의 기운과 상성이 잘 맞는 바람에 하마터면 위험할 뻔 했었죠."

"그럼 조금 전까지 정신을 차리지 못하고 있었던 게?"

제임스의 물음에 유건의 고개가 위아래로 천천히 움직였다.

"두 분의 힘을 흡수하는 과정에서 생겨난 변수 덕분에 다시금 제 의식의 표면으로 돌아올 수 있었습니다. 그 점 감사드려요."

"그럼 이제 괜찮아진 거냐?"

그의 물음에서 느껴지는 진득한 정에 유건의 입가에 짙은 미소가 걸렸다.

"네, 이제 제정신으로 돌아왔으니 제대로 한번 싸워봐야죠."

"승산은?"

장 루이의 물음에 유건이 환하게 웃으며 답했다.

"길고 짧은 건 대봐야 알죠."

'혼돈의 힘은 그렇게 쉽게 다룰 수 있는 게 아니거든요.'

뒷말은 속으로 삼킨 유건이 자리를 털고 일어섰다. 그를 따라 일어선 일행들이 서로를 바라보며 미소 지었다.

"어째 마지막 싸움을 준비하는 이들 치고는 초라한 걸?"

장난기 섞인 제임스의 말에 모두가 웃음을 터트렸다.

'응?'

그들과 함께 웃고 있던 유건의 고개가 뒤쪽으로 돌아갔다.

저 멀리서 빠른 속도로 다가오는 익숙한 기운이 느껴졌다.

"여어~! 하하하하, 혹시 나 보고 싶었습니까?"

누군가를 등에 업은 강지환이 투명한 얼음 발판을 연달아 밟아가며 날듯이 일행들을 향해 다가왔다.

그가 내려서자 그의 등에서 내려선 한 사내가 연

신 헛구역질을 해댔다.

"저분은 누구죠?"

하루나가 연신 헛구역질 하고 있는 이를 눈짓으로 가리키며 물었다.

"저도 잘 모릅니다. 이곳으로 오고 있는데 땀 뻴뻴 흘려가며 혼자 열심히 뛰어가고 있더라고요, 그래서 일단 주워왔죠."

나 잘했지? 라는 얼굴로 바라보는 지환의 모습에 고개를 내저은 그녀가 여전히 안정을 찾지 못하고 있는 사내에게 다가가 그의 등을 부드럽게 토닥였다.

"아? 고, 고맙습…우욱!"

겨우 진정된 사내가 제임스가 건넨 물통을 입에 가져다 대고는 한껏 들이켰다.

"후아~ 이제야 조금 살 것 같군요. 고맙습니다."

물통을 돌려받은 제임스가 그를 향해 물었다.

"그런데 누구신지 좀 알 수 있을까요?"

"아, 그러고 보니 제 소개도 안하고 있었군요? 반갑습니다. 저는 의료팀 소속 강지국이라고 합니다."

"강지국?"

그의 이름을 듣자마자 과거 아나지톤이 지나가는 말로 건넸던 그의 이름을 떠올린 하루나였다.

"아! 기적의 의사(Miracle Doctor)!"

"아하하하, 그런 낯부끄러운 수식어가 따라다니던 때도 있었죠."

설명을 바라는 얼굴로 자신을 쳐다보는 일행들의 모습에 하루나가 천천히 입을 열었다.

"그러니까 저 사람이 스승님께서 비밀리에 준비하고 있던 히든카드라고?"

미심쩍다는 듯 쳐다보는 제임스의 시선에 강지국이 어색하게 웃었다.

"히든카드인지는 모르겠지만, 그분께 때가 되면 여러분과 합류하라는 지시를 받기는 했습니다."

"반갑습니다, 백유건입니다."

"아, 반갑습니다. 이렇게 직접 뵙는 건 처음이지만, 그분께 유건씨에 대해서는 많은 것들을 전해 들었습니다. 잘 부탁드립니다."

그렇게 한 사람씩 돌아가며 인사를 하던 강지국이 장 루이의 손을 잡고 한참동안 서있었다.

순간 묘한 적막이 그들 사이에서 흘렀다.

그의 몸에서 묘한 서기가 흘러나와 주변을 은은하게 비추고 있었기 때문이었다.

"음, 생각보다 몸이 많이 상하셨군요. 간장하고, 척추 쪽에 조금 문제가 있긴 한데, 어디 보자… 이

제 됐습니다. 몸을 한 번 움직여 보세요."

"으음?"

그의 말에 따라 이리저리 몸을 움직이던 장 루이가 놀란 눈으로 그를 쳐다보았다.

최근 들어 지속적으로 불편하게 느껴지던 감각들이 모두 사라졌기 때문이었다.

게다가 몸 상태가 마치 한창때의 시절로 되돌아간 것처럼 가뿐했다.

"흐음, 놀랍군. 고맙소."

"별말씀을요, 그게 제가 할 일인걸요."

"힐러로구만."

"네?"

제임스의 말에 강지국이 되물었다.

"당신 포지션 말이야. 전형적인 힐러라고."

판타지나, 게임 등에 전혀 관심이 없었던 강지국이었기에 그의 말에 담긴 의미를 정확히 알아들을 수는 없었지만, 대충 그가 하고자 하는 말의 의미정도는 알 수 있었다.

"앞으로, 여러분의 부상은 모두 제가 책임지겠습니다. 여러분은 마음 편하게 전투에 임하시면 되겠습니다. 그리고 지환씨?"

"응? 아, 아니… 네?"

무심코 반말을 하던 지환이 마치 의사 선생님 앞에선 보호자들처럼 공손하게 대답했다.

의사 앞에만 서면 괜히 위축되는 기분이 드는 건 각성 전이나 후나 매한가지인 것 같았다.

"지환씨께서 저를 좀 보호해주셔야 할 것 같습니다. 아무래도 여러분에 비하면 제 육체적인 능력은 한참 떨어지는 편이니까요."

"흐음, 하긴 일행들 중 방어에 관한 한 저를 따라올 사람은 없죠. 좋습니다. 힐러를 보호하는 역할, 제가 맡도록 하죠."

"감사합니다. 그럼 잘 부탁드리겠습니다."

가슴을 치며 호언장담하는 그의 모습에 강지국이 허리를 숙여 감사를 표했다.

새롭게 합류한 두 사람은 어느새 같은 성씨라는 걸 깨닫고는 형님, 동생 하며 급격하게 친해졌다.

두 사람의 합류로 인해 유건 일행의 분위기가 살아나기 시작했다.

모두의 뇌리 속에 '할 수 있다'라는 생각이 점점 강하게 자리 잡기 시작했다.

그렇게 전의를 불태우던 일행들이 유건을 필두로 더 블랙 그자가 자리 잡고 있는 거대한 궁전을 향해 달려갔다.

강지국의 합류로 인해 한껏 분위기가 고조된 일행들 앞에 지금까지 마주쳤던 몬스터들과는 전혀 다른 분위기를 풍기는 이들이 모습을 드러냈다.

"저 녀석들은 또 어디서 나타난 거지?"

제임스의 물음에 답할 수 있는 이는 아무도 없었다. 일행들도 그들의 모습을 보면서 자연스럽게 기존의 몬스터들과는 무언가 다르다는 것을 느낄 수 있었다.

모습을 드러내자마자 무질서하게 달려들던 기존의 몬스터들과 달리 그들은 질서 정연하게 도열한 채로 일행들을 기다리고 있었기 때문이었다.

그들의 지휘관으로 보이는 거대한 체구의 몬스터가 앞으로 나서며 목소리가 들릴 정도의 거리까지 접근했다.

"이제야 오는가? 인간들이여."

그 목소리에는 지금까지 느껴보지 못한 묘한 이질감이 섞여 있었다. 게다가 그들을 바라보는 눈동자에는 그간 질리게 보아왔던 광기가 보이지 않았다.

오히려 아이의 그것처럼 티 없이 맑게 느껴졌다.

"너는 누구지?"

제임스의 물음에 그의 얼굴을 잠시 쳐다보던 그가 이내 고개를 돌려버렸다.

"너는 나와 대화할 자격이 없다 인간."

"허!"

기가 막힌다는 표정으로 헛웃음을 터트린 제임스가 발끈하며 앞으로 나서려고 할 때, 하루나가 자연스럽게 그의 소매를 잡아끌었다.

"잠시만 기다려 봐요."

그의 시선은 누가 봐도 확연하게 티가 날 정도로 노골적인 적의를 지닌 채로 유건을 향하고 있었다.

"그래, 너는 누구지?"

유건이 제임스의 그것과 같은 물음을 던졌다.

"나는 주인님의 명을 받아 너희들을 제거하기 위해 나선 그분의 가디언이다."

꿈틀.

그의 말에 유건의 미간이 찌푸려졌다.

"그 도마뱀 녀석의 수호자라는 말이냐?"

"어리석은 녀석, 그분을 만나 태어난 것 자체를 후회하며 죽음을 맞이하기 전에 내가 친절하게 네 놈들의 목을 베어 내주마."

이를 드러내며 웃는 그에게서 섬뜩한 살기가 뭉클거리며 피어올랐다.

인간의 그것과 매우 흡사한 놈의 행동과 말투에 일행들은 계속해서 뭐라 설명하기 힘든 이질감을 느꼈다.

"마지막으로 기회를 주겠다. 지금이라도 그분 앞에 무릎을 꿇고 복종을 맹세하면 내 친히 네놈들을 살려주겠다. 어떤가?"

이죽거리는 그의 마지막 말이 끝나기 무섭게 거대한 불기둥이 그의 얼굴을 향해 날아들었다.

"흥!"

어깨에 올려놓고 있었던 거대한 배틀 엑스를 휘둘러 이를 가볍게 튕겨낸 녀석이 얼굴을 붉히고 서 있는 제임스를 향해 코웃음을 날렸다.

"이익!"

흥분해서 날뛰기 직전인 그를 향해 다가간 강지국의 손에서 잠시 하얀 빛이 머물렀다가 사라졌다.

"어? 어라?"

순식간에 뜨겁게 달궈졌던 머리가 차갑게 가라앉았다. 어리둥절한 얼굴로 주변을 둘러보는 그를 향해 강지국이 가볍게 웃으며 말했다.

"간단한 도발에 걸려들었던 것뿐입니다. 아무래도 일반적이진 않고 뭔가 마법적인 작용이 있었던 것 같네요."

"무슨 탱커라도 되는 거냐? 도발이라니…."

평소 즐겨 하던 온라인 게임에서나 등장하던 용어를 듣고 나니 무언가 허탈해진 제임스였다.

"뭐, 그래도 효과는 제법인데요? 후훗."

가볍게 웃으며 대꾸하는 강지국의 모습에 그 또한 같은 웃음을 지었다.

"직접 겪고 나니 정말 그러네요."

"도발이라…."

그들의 대화를 지켜보고 있던 유건이 혼자 중얼거리는가 싶더니 이내 고개를 돌려 상대에게 말을 건넸다.

"나는 도발하지 않는 건가?"

"그대는 나의 주인께서 인정한 대적자답게 아무것도 통하지 않더군. 다른 녀석들은 비교적 쉬웠는데 말이지."

"쉬워?"

그제야 유건은 자신의 코를 스쳐가는 비릿한 향을 느낄 수 있었다.

"윽!"

"헛!"

"독인가?"

여기저기서 일행들이 동시 다발적으로 쓰러졌다.

그나마 비교적 상태가 나아보이는 강지국만이 잔
뜩 찌푸린 얼굴로 일행들을 향해 다가가고 있었다.

　한손으로는 자신을 해독하면서 동시에 다른 이들
의 몸에 손을 댔다.

　"허튼 수작은 거기까지다."

　자연스럽게 빼낸 창을 한손으로 들고 그 끝으로
상대를 겨냥한 유건이 매서운 눈으로 그를 바라보
며 말했다.

　그런 유건을 향해 상대가 어깨를 으쓱거리며 답
했다.

　"뭐, 나도 이런 걸로 결판을 낼 생각은 없었으니
걱정하지 말도록, 가벼운 시험정도로 여겨줬으면
좋겠군."

　그 말을 끝으로 몸을 돌리는 녀석을 향해 유건이
손을 내질렀다.

　"어딜 그냥 가려고!"

　쏜살같이 뻗어낸 창대에 상대의 몸이 꿰뚫리는
순간, 그의 신형이 마치 신기루처럼 유건의 눈앞에
서 자취를 감췄다.

　"응?"

　상대의 행동에도 좀처럼 놀라지 않던 유건의 짙
은 눈썹이 꿈틀거렸다.

'저긴가?'

마치 존재 자체가 사라진 것처럼 느껴졌던 상대의 기척이 질서 정연하게 도열해 있는 몬스터 군단의 앞에서 느껴졌다.

"순간이동이군요."

그의 의문을 알기라도 한 것처럼 자연스럽게 그의 옆으로 나선 지환이 입을 열었다.

유건의 시선이 그를 향하자 가볍게 웃은 그가 부연설명을 했다.

"제 동료들 중 비슷한 이능을 각성한 이가 있었습니다. 이동거리가 저렇게 길지는 않았지만, 비슷한 구석이 있네요. 아니, 이건 그녀석의 능력이 맞아요. 언젠가 갑자기 실종처리가 돼서 찾아보려고 여기 저기 들쑤시고 다닌 적이 있었는데 아마도 더 블랙 그자의 손에 잡혀갔었나봅니다."

"능력을 강제로 몬스터에게 전이할 수도 있나요?"

그의 물음에 지환이 어깨를 으쓱거리며 말했다.

"저희로서는 불가능한 영역이지만, 그자에게는 가능했었나 보네요."

"그렇군요."

그 순간, 거대한 함성과 함께 대기하고 있던 몬스

166

터들이 유건 일행을 향해 달려들기 시작했다.

지축이 울리며 전신을 짜릿하게 만드는 거대한 기세가 밀려왔다.

앞으로 나서려던 유건은 자신의 앞을 막아서는 손을 내려다보았다.

"아직, 대장이 나설 때는 아니죠."

한쪽 눈을 찡긋 거리며 앞서 나간 그의 양손에 새하얀 서리가 맺혔다.

그리고 잠시 후, 일행들의 앞에 때 아닌 눈보라가 거세게 몰아치기 시작했다.

이를 뚫고 와야만 하는 몬스터들의 행동이 조금씩 굼떠지기 시작했다.

"어디, 그럼 제대로 요리해볼까요?"

앞서 달려가는 그의 뒤를 따라 제임스를 제외한 나머지 일행들이 빠르게 쇄도했다.

남아 있는 제임스가 자신을 향한 유건의 시선에 어깨를 으쓱거리며 말했다.

"나랑은 상성이 안 맞아서 말이야…."

그의 능력은 끝없이 불타오르는 맹렬한 불꽃. 확실히 저 눈보라 속에서는 그 힘이 제한될 수밖에 없었다.

피식 웃은 유건이 전면을 바라보았다.

그의 안에 자리한 혼돈의 힘이 지금 당장이라도 달려 나가서 적들을 도륙하고 그 힘을 흡수하라고 아우성쳤다.

그는 자신의 내부에서 맹렬하게 소용돌이치는 그 힘을 달래며 치열한 전장 그 너머에 있을 더 블랙 그자의 기운에 집중하기 시작했다.

'멀지 않아.'

그는 본능적으로 최후의 전투가 멀지 않다는 사실을 깨달았다.

• ⁂ •

평범한 오크 워리어에서 더 블랙의 가디언으로 재창조된 녀석은 총 세 가지의 이능력을 몸에 지니고 있었다.

하나는 조금 전에 드러났던 단거리 텔레포트, 그리고 스스로 독을 만들어내 이를 자유자재로 사용할 수 있는 포이즌, 마지막 하나는 염동력이었다.

조금 전 독을 살포하고 이를 일행들 사이로 퍼트린 것 역시 염동력을 통해 독 기운을 날려 보냈기 때문에 가능한 것이었다.

단숨에 적진에 침투해 독을 살포하고 염동력을 통해 이를 완벽하게 통제한다.

이것이 그가 지닌 능력의 효율적인 활용이었다.

처음에는 단순한 호기심에서 이능력자들을 잡아다가 연구를 했던 더 블랙이었지만, 이를 통해 탄생한 녀석들의 능력이 생각 이상으로 뛰어났기에 생각을 바꾸고 제법 진지하게 자신의 가디언을 만들었던 것이었다.

기본적인 가디언의 토대가 되는 몸체는 드래곤의 살과 뼈, 그리고 가죽을 통해 만들어지기에 아무런 능력이 없어도 몸 자체가 매우 튼튼하고 강력했다.

거기다가 각기 다른 세 가지의 이능까지 합쳐지자 그 누구도 쉽게 상대하기 힘들 정도의 능력을 갖춘 가디언이 탄생한 것이었다.

그 능력의 탁월함은 잔뜩 인상을 찌푸린 채 그를 상대하느라 손발이 어지러워진 일행들의 모습을 통해서도 충분히 엿볼 수 있었다.

"크흣!"

자신을 향해 날아드는 독무를 피하지 못한 하루나가 괴로운 듯 신음을 흘리며 그 자리에 무릎을 꿇고 앉았다.

순간이동을 통해 그녀의 뒤에 모습을 드러낸 가디언이 거대한 도끼를 휘두르려는 찰나 밀려든 강한 돌풍이 그의 도끼를 멀리 쳐냈다.

그 틈을 타고 둘 사이에 파고든 강지국이 하루나를 치료했다. 새하얗게 빛나는 백광이 번뜩거리고 나면 언제 그랬냐는 듯 쓰러져 있던 동료가 원래의 모습을 회복했다.

그 모습을 멀리서 지켜보고 있던 가디언의 눈매가 사납게 변했다.

제 아무리 강력한 일격을 날리고 상대를 중독 시켜도 금방 회복시켜 버리는 저 인간이 계속해서 거슬렸다.

때문에 전황은 계속해서 제자리를 맴돌았다. 아니, 눈에 띌 정도로 수하들의 수가 줄어들어 있었다.

그 와중에 묵묵히 적들의 수를 줄여나간 장 루이의 활약 덕분이었다.

게다가 아직 저 앞에는 그분이 대적자로 인정한 사내가 남아있었다.

이대로는 안 된다고 판단한 그가 수하들 사이로 조용히 모습을 감췄다.

'응?'

하루나의 미간이 찌푸려졌다.

동료들과의 교감을 유지하며 전체적인 전황을 지배하던 그녀의 감각에서 적의 기척이 사라졌기 때문이었다.

그녀의 긴장감이 찰나의 공백도 없이 모두에게 동시에 전해졌다.

뜨끔.

한곳으로 모이라는 그녀의 지시에 따라 몸을 날리려던 강지국은 목덜미에서 느껴지는 따끔함에 고개를 돌리려던 자세 그대로 딱딱하게 굳어진 채 무너져 내렸다.

'다, 당했……'

목소리가 나오지 않았다. 무거워진 눈꺼풀이 내려앉으며 캄캄한 어둠이 세상을 뒤덮었다.

이대로 끝나는 것만 같은 순간, 그의 머릿속에 떠오른 것은 아쉬움이었다.

'이렇게 끝나다니.'

이날을 위해 아나지톤을 따라가서 수많은 마법적 지식들을 강제로 주입당하다 시피해서 치유마법에 관한 한 적어도 이곳에서 만큼은 최고를 자부할 수 있게 되었다 싶었건만, 이렇게 허무하게 목숨을 잃게 될 줄은 몰랐다.

깊은 심연 속으로 그런 의식조차 점차 빨려 들어 간다고 느껴질 때 즈음 무언가 알 수 없는 소리들이 그의 귓가에 들려왔다.

"괜찮…."

"…치료가 가능하겠…."

"이봐! 정신차…."

'뭐가 이렇게 시끄러운 거지?'

몸 어딘가에서 갑자기 밀려들어온 기운이 전신으로 퍼져나가는가 싶더니 꽤나 거칠게 그의 몸을 뒤흔들었다.

"아, 아프다고…."

"됐다!"

"이봐, 정신이 들어?"

"지국아, 괜찮냐?"

마지막 목소리는 최근들어 급격히 친해진 친구, 지환의 그것이었다.

"시끄러워…."

힘겹게 말을 내뱉는 그의 말에 안도의 한숨이 터져 나왔다.

서서히 의식이 수면위로 떠오르기 시작하자, 급격하게 몸이 회복되기 시작했다.

천천히 몸을 일으킨 그가 주변을 둘러보며 물었다.

"대체 어떻게?"

"네가 갑자기 쓰러지자, 유건이 전장에 난입했다. 그리고 널 이 지경으로 만든 녀석의 팔을 잘라냈어, 적들은 그의 기세에 눌렸는지 그를 데리고 갑자기 후퇴했고."

"아, 고…고맙습니다."

"아닙니다. 그보다 당신을 치료하느라 어쩔 수 없이 힘을 좀 흡수해야했습니다. 당분간은 쉽게 움직이기 힘들 겁니다."

"그, 그렇군요."

그의 말에 가볍게 고개를 끄덕인 유건이 조금 걸어갔다.

덕분에 그의 무거운 표정을 본이가 아무도 없었다. 그렇게 유건은 일행들로부터 조금 떨어졌다.

'분명, 힘을 뺏겼다.'

마치 자신이 강지국을 치료하기 위해 그의 힘을 흡수했던 것처럼, 오늘 맞닥뜨린 적들을 처리할 때마다 자신의 힘이 빨려나갔다.

그렇다면 과연 그 힘은 어디로?

자신의 힘을 흡수했다면, 눈앞의 적들이 그만큼 강해지거나 무언가 변화가 있어야만 했다. 그러나 그런 변화는 전혀 없었다.

그저 힘이 빨려나갔을 뿐…

그런 그의 고민은 길지 않았다. 결론은 뻔했기 때문이었다.

'더 블랙.'

분명 아나지톤이 저쪽 세계의 드래곤 로드와 언약을 맺고, 이쪽 세계로 유입되는 그자의 힘을 차단했다고 했었다.

무한히 샘솟는 힘의 근원이 차단됐다? 그렇다면 그와 유사한 무언가를 구하면 그만이었다.

'그게 나라는 건가?'

유건의 얼굴이 험악하게 구겨졌다.

그가 자신을 대적자가 아닌 새로운 대체 에너지원으로 여기고 있다는 것을 깨달았기 때문이었다.

'계속해서 성장할 수 있도록 나름대로 배려해왔다는 건가?'

그 순간 오싹한 기운이 그의 등줄기를 훑고 지나갔다.

더 블랙, 그자는 인간이 생각할 수 있는 범주를 훌쩍 뛰어넘은 초월자라는 사실이 피부로 와 닿았기 때문이었다.

드넓은 대전 한쪽에 자리한 의자에 비스듬히 몸을 기댄 채 술잔을 기울이고 있던 더 블랙의 입가에 미소가 걸렸다.

'이제 알아차린 건가? 생각보다 빠른데?'

그에게서 유입되던 에너지가 끊기자 말로 설명하기 힘든 공허함이 찾아왔다.

'이것이 필멸자들이 평생 느끼며 살아가는 허무인가?'

항상 끊임없이 마나를 공급해주는 드래곤 하트 덕분에 단 한 번도 느껴보지 못했던 지독한 갈증이 그를 괴롭혔다.

이제야 인간들이 어째서 그토록 맹렬하게 자신을 불태우며 목표를 이루기 위해 살아가는가에 대한 해답을 얻은 것 같았다.

단순히 머리로 이해하는 것과 그 존재의 불완전성을 경험하고 느끼는 감정 사이에는 상당한 거리가 있었다.

꿀꺽.

손에 들고 있던 잔을 기울여 입안으로 단숨에 털어 넣었다.

'생각보다 이르기는 하지만….'

이제는 자신이 전면에 나서야 할 때.

준비했던 모든 패를 사용했으니, 이제 직접 모습을 드러내야 할 시간이었다.

그가 몸을 일으키자 드넓은 대전안의 공기가 일변했다.

그의 앞에 공간을 날카로운 무언가로 베어낸 것 같은 균열이 생겨났다.

불길하게 일렁이는 어둠의 공간 속으로 그가 거침없이 발길을 내딛었다.

존재 그 자체만으로도 공간에 간섭을 일으키는 중간계의 조율자, 블랙 드래곤 바하무트가 본격적으로 전장에 가담했다.

　　　　　•　⁑　•

혼란에 빠져 있던 유건이 마음을 가다듬고 일행들 곁으로 돌아왔을 때, 이미 대부분의 상처들은 강지국에 의해 치료가 끝난 상태였다.

해독 되었다고 하더라도 중독으로 인한 상처가 주는 후유증은 생각보다 깊었다.

파리한 안색을 한 하루나가 힘겹게 웃으며 유건

176

을 바라보았다.

"시간이 갈수록 저희가 유건의 발걸음을 붙들게
되네요."

그녀의 말에 유건이 뭐라 답하려는 순간 저 멀리
서 거대한 먼지 구름을 동반한 일단의 무리들이 그
들에게 달려왔다.

그 선두에는 일급요원들을 지휘하는 밀리언이 서
있었다.

"다행히 저희가 늦지는 않았군요."

그들을 가운데 두고 전열을 정비하도록 효율적으
로 지시를 내린 밀리언이 환하게 웃으며 말했다.

"어떻게 벌써?"

그들을 향해 몰려들던 몬스터들의 숫자는 결코
녹녹치가 않았다. 제 아무리 그들의 능력이 뛰어나
다 한 들, 이렇게 금방 전투를 끝내고 돌아올 수는
없었다.

그녀의 물음에 밀리언이 답했다.

"국경을 초월한 인류의 모든 힘이 이곳으로 집결
되고 있습니다. 미궁 내에서 쏟아져 나온 대부분의
몬스터들은 그 다국적 연합체들이 상대하고 있는
중입니다. 저희는 그 틈을 타 여러분을 지원하기 위
해 최대한 빠른 속도로 달려온 겁니다."

"다국적 연합체?"

하루나가 고개를 갸웃 거리며 그의 말에 대꾸했다.

그녀의 반응이 이해된다는 듯 가볍게 웃음을 터트린 그가 대꾸했다.

"믿어지지 않겠지만, 전 세계에 퍼져있는 각국의 숨은 전력들이 모두 이곳 격전지를 향해 달려오고 있습니다. 지금도 합류하는 숫자는 점점 많아지고 있고요. 그들 모두의 공통된 목표는 하나입니다. 인류 말살을 노리는 더 블랙 그자의 척결!"

"그게 가능한 일이었던가요?"

아나지톤이 가드라는 단체를 만들어 오랜 시간동안 노력을 했음에도 불구하고 이루지 못했던 인류의 단합이었다.

각자의 이해관계가 이리저리 얽히고설켜서 그 위대한 능력을 지닌 아나지톤 조차 도저히 불가능 한 일이라고 판단했을 정도였다.

그런데 그게 최후의 격전을 앞두고 있는 지금, 갑자기 이루어졌다?

그런 그녀의 어깨를 다독이는 따뜻한 손길이 있었다.

고개를 돌린 그녀의 눈에 제임스의 모습이 들어왔다.

"이유가 어찌 되었든지 간에 지금이 최적의 타이밍이라는 거지. 놈을 치기에 말이야."

하루나의 고개가 저절로 끄덕여졌다.

어떻게 그런 일이 벌어질 수 있는 지를 밝히는 건 지금 당장 중요한 일이 아니었다.

그렇지 않아도 유건을 보조하는 일이 점점 더 버거워진다고 느껴지던 순간이었는데, 그들을 둘러싸고 있는 수많은 이능력자의 무리를 보니 저절로 두 팔에 힘이 솟아났다.

"당신 말이 맞네요. 고마워요 제임스."

환하게 웃으며 대꾸한 하루나가 천천히 몸을 일으켰다.

그녀가 일어서자 자연스럽게 밀리언이 자리를 옮겨 그녀에게 공간을 제공했다.

"영차! 내가 조금 돕지."

장 루이가 그녀를 들어 자신의 어깨 위에 앉혔다.

어지간한 성인보다 머리 하나는 더 큰 장 루이의 어깨 위에 걸터앉은 하루나의 시야에 자신을 바라보고 있는 수많은 대원들의 모습이 들어왔다.

마지막으로 그녀의 시선이 유건에게 머물렀다.

유건이 그녀를 향해 가볍게 고개를 끄덕였다.

전면을 향해 고개를 돌린 그녀의 입이 천천히 열렸다.

마법적 보조를 받은 그녀의 낭랑한 목소리가 전 대원들을 향해 울려 퍼져 나갔다.

"저희는 지금 이 시간부터 백유건 그를 최적의 상태로 더 블랙, 그자의 앞까지 인도하는 걸 최우선으로 합니다. 모두 명심하십시오. 이번 전투의 결과로 우리 모든 인류의 미래가 달라질 것이라는 것을! 숨이 붙어 있는 한, 단 한순간도 쉬지 않고 싸워야 합니다. 우리의 후손들에게 이 아름다운 세상을 온전히 물려주기 위해!"

"우오오오오!"

잠시의 정적이 흐른 뒤, 땅이 흔들릴 정도의 함성이 수많은 이들의 입에서 동시에 터져 나왔다.

그렇게 한껏 분위기가 고조된 찰나, 그들의 머리 위에서 푸른 하늘이 세로로 갈라졌다.

그리고 길게 자라난 검은 머리를 늘어뜨린 사내가 모습을 드러냈다.

제일 먼저 그의 등장을 알아차린 것은 다름 아닌 유건이었다.

"피햇!"

가볍게 손을 위로 들어 올렸다가 밑으로 내리는

단순한 손짓을 따라 거대한 불덩어리가 밑에 자리하고 있는 요원들을 향해 떨어져 내렸다.

쿠콰콰콰쾅!

다급히 집채만 한 불덩어리는 요원들 중 몇몇이 다급하게 시전한 수많은 마법의 장벽을 그대로 부순 채 바닥과 충돌했다.

거대한 크레이터를 남기며 폭발한 불길에 휘말린 수많은 요원들이 시체조차 남기지 못한 채 재가 되어 사라졌다.

그런 그를 향해 유건이 열두 장의 날개를 모두 펼친 뒤 빛살과 같은 속도로 쇄도했다.

"이 자식!"

"저런, 아직 에피타이저도 제대로 맛보지 못했는데, 메인 요리가 등장하시는 건가?"

여유 가득한 그를 향해 이를 악다문 유건이 혼돈의 소용돌이가 맴돌고 있는 주먹을 강하게 뻗어냈다.

파카캉!

'막았다? 크헉!'

무언가 보이지 않는 투명한 장막이 그의 몸을 둘러쌌다.

유건의 주먹은 그 막에 가로막힌 채 더 이상 앞으로 전진 하지 못했다.

그리고 유건은 강한 충격과 함께 저 바닥으로 처박혔다.

숨이 턱 막힐 정도의 강력한 일격에 이를 가로막았던 날개 하나가 그대로 사라졌다.

"이건 대체!"

바닥에 커다란 구멍을 만들며 처박힌 유건이 거칠게 침을 뱉어내며 위를 올려다보았다.

"!"

전의에 가득 차 있었던 그의 눈이 터질 듯이 부릅떠졌다.

"서, 성희야?"

그녀의 눈에 비친 것은 마치 더 블랙 그자를 수호하기라도 하듯이 그의 앞을 가로 막고 서있는 성희의 모습이었다.

성희의 눈은 예전의 생기 넘치던 맑은 빛이 아닌 탁한 빛을 띠고 있었다.

그녀가 놀란 유건을 향해 가볍게 손짓을 했다.

머릿속에서 위험을 알리는 경종이 쉴 새 없이 울려댔다.

다급히 몸을 피한 유건은 방금 전 까지 자신이 서있던 공간 자체를 우그러뜨리는 투명한 상자를 지켜보며 이를 악다물었다.

그의 눈동자가 쉴 새 없이 좌우로 흔들렸다.

아직도 믿기 힘들다는 듯 아무런 반격조차 하지 않고 있는 그의 귓가에 하루나의 뾰족한 소리가 들려왔다.

"뭐하고 있는 거예요 유건!"

그녀의 외침에 고개를 돌리자, 어느새 그들 무리를 에워싼 수를 셀 수 없을 만큼 많은 몬스터들의 모습과 그들과 격전에 들어간 요원들의 모습이 한눈에 들어왔다.

조금 전 퇴각했던 가디언뿐만 아니라, 그와 비슷할 정도의 힘이 느껴지는 수많은 몬스터들이 곳곳에서 그들을 지휘하고 있었다.

그 하나하나가 결코 경시 할 수 없을 정도의 힘을 자랑하고 있었다.

"이 새끼가!"

퍼어엉!

유건이 방심한 틈을 타 거대한 배틀 액스를 휘두르며 그를 공격하던 오우거 하나를 빠른 속도로 쇄도한 강찬이 그대로 날려버렸다.

"……."

복잡한 눈으로 여전히 충격에서 헤어 나오지 못하고 있는 유건을 흘깃 쳐다본 강찬이 이를 악물고

183

몸을 일으키고 있는 녀석을 향해 달려들었다.

그 모습을 멍한 눈으로 지켜보던 유건이 고개를 돌려 여전히 더 블랙 그자의 앞을 막아서고 있는 성희를 쳐다보았다.

"서, 성희야… 네가 왜? 도대체 왜 거기에….”

그런 그의 사방에서 생겨난 투명한 장막이 좀 더 넓은 범위에서 그를 향해 조여들었다.

"크흠!”

절체절명의 순간 난입한 장 루이가 전투를 거듭하는 가운데 한껏 개화한 자신의 이능을 발현시키며 서서히 조여 오는 장막을 막아섰다.

그러나 막아내는 것이 결코 쉽지는 않은 듯 그의 얼굴에서 굵은 땀방울이 흘러내렸다.

"정신 차려라 유건.”

"……?”

"끄음… 자세히 봐라, 그녀의 이능이 온전히 작동한다는 건, 아직 그녀의 자아가 남아 있다는 걸 뜻하는 거다. 크흑.”

"……!”

그제야 흔들리던 유건의 눈동자가 원래대로 돌아왔다.

얼마 전 대면했던 다른 이들은 스스로의 이능을

잃었었다. 아니 전혀 다른 방향으로 변질 됐었다.

그런데 장 루이의 말처럼 투명하게 빛나는 성희 특유의 보호막은 예전과 동일한 성질을 띠고 있었다.

그의 눈빛이 변한 걸 알아본 장 루이가 힘겹게 버텨내며 마지막 말을 건넸다.

"그녀를 구해라."

그의 말이 떨어지기 무섭게 유건의 신형이 성희와 더 블랙 그자가 있는 곳을 향해 폭사했다. 가히 빛살과도 같은 속도였다.

그런 그의 뒷모습을 바라보는 장 루이의 눈빛에 아련함이 서렸다.

'너라면 할 수 있겠지… 저 녀석에게 농락당한 채 사랑하는 사람을 잃는 건 나 하나로 족하니….'

시간의 흐름에 간섭해 장막의 진행을 늦추고 있던 장 루이가 순간 강한 힘을 뿜어내며 장막의 틈으로 몸을 빼냈다.

우그그그극.

장막이 서로 마주 닿으며 공간 자체를 우그러뜨리는 모습에 그의 등줄기를 타고 식은땀이 흘러내렸다.

원래 그녀의 성정 자체가 따뜻했기에 망정이지 만약 그녀가 나쁜 마음을 먹었다면?

장 루이는 상상하는 것만으로도 끔찍하다는 듯 고개를 거칠게 털어냈다.

콰아아아아앙!

엄청난 굉음과 함께 대기를 진동시키는 거대한 충격파가 전해져왔다.

있는 힘을 모두 끌어낸 유건이 성희가 만들어낸 빛의 막을 두드리며 생겨난 여파였다.

성희의 뒤에 서서 팔짱을 낀 채 비릿한 조소를 짓고 있는 더 블랙 그자를 노려보는 유건의 눈에 핏발이 잔뜩 섰다.

"더 블래애애액!"

한계가 분명했던 유건의 힘의 경계가 그 순간 허물어졌다. 머릿속에서 툭 하고 무언가 끊기는 소리가 들리는 것 같았다.

푸화하학!

유건의 등 뒤에 자리하고 있던 날개가 하나로 뭉쳐지며 거대한 장막처럼 드리워졌다.

그의 몸에서 뿜겨져 나온 막대한 기운에 더 블랙의 입가에 맺혀있던 미소가 사라졌다.

쨍그랑.

절대적인 견고함을 자랑하던 투명한 보호막이 그대로 깨져나갔다.

그리고 유건의 강격이 그대로 성희의 복부를 파고들었다.

터어엉!

꿈틀.

그 충격이 자신과 성희 사이에 맺어놓은 각인을 뒤흔들어 놓았다. 금방 원래의 자리를 찾아 되돌아가긴 했지만, 더 블랙의 미간에 깊은 골이 패였다.

변수.

전혀 생각지 못했던 유건의 모습이 그의 심기를 불편하게 만들었다.

주인의 심경을 대변하기라도 하듯이 복부를 얻어맞은 채 실 끊어진 인형처럼 떨어져 내리던 성희가 땅을 박차고 날아올랐다.

자세히 보니 그녀의 몸을 두르고 있는 투명한 장막에서 은은한 빛이 뿜어져 나오고 있었다.

그 짧은 시간에 몸에 보호막을 두른 것이었다.

이는 골수를 따라 치밀어 오른 혼돈의 기운이 유건의 뇌리를 장악하려는 찰나 일어난 기운과 매우 흡사했다.

유건은 확신할 수 있었다.

'그녀는 아직 완전히 잠식되지 않았다.'

혼돈이 폭주하며 자칫 광인으로 전락할 뻔 한 유건의 눈이 반짝였다.

그 가운데 비치는 것은 광기가 아닌 번뜩이는 이성이었다.

'그녀를 구한다!'

그의 의지를 따라 양손으로 몰려든 혼돈의 기운이 맹렬하게 소용돌이 쳤다.

⁂

쿠콰카카캉!

강하게 응축된 혼돈의 기운이 투명한 장벽에 가로막혔다.

그 충격파로 인해 주변의 일급 요원들이 귀를 막은 채 바닥을 뒹굴었다.

몬스터들도 이리저리 비틀거리며 연신 머리를 흔들어댔다.

그렇게 본능에 따라 조금씩 뒤로 물러나다보니 두 사람을 중심으로 한 거대한 공간이 만들어졌다.

여전히 더 블랙은 차가운 미소를 유지 한 채 성희의 뒤에 서서 팔짱을 끼고 있었다.

유건의 힘이 자신의 예상을 벗어났다는 사실에 놀란 것도 잠시, 이내 평정을 되찾았다.

자신이 오랜 시간 공을 들여 만들어낸 가디언의 방어력 또한 예상을 훨씬 웃돌았기 때문이었다.

이를 증명하기라도 하듯이 초점 없는 흐릿한 눈동자를 한 성희가 그의 앞에 서서 거센 파도처럼 점점 더 기세를 더해가는 혼돈의 기운을 묵묵히 막아냈다.

그 투명한 보호막이 지니는 견고함은 수없이 많은 세월을 살아온 더 블랙조차 이채를 띠게 만들 만큼 탁월한 것이었다.

실제로 자신을 향해 달려드는 상대에게서 느껴지는 기운은 결코 경시할만한 수준의 것이 아니었다.

여러 가지로 자신을 놀래게 만드는 이곳 차원계의 인간들의 모습에 나직이 감탄한 그의 눈빛이 깊이 가라앉았다.

한편 무언가 막힌 둑이 허물어진 것 같은 기분을 느끼는 중인 유건은 그럼에도 불구하고 자신의 공격을 차분하게 막아내고 있는 성희의 능력에 나직이 감탄했다.

'정말 단단하구나.'

같은 편 일 때는 잘 체감이 안됐었는데, 막상 공격하는 입장이 되고 보니 성희의 이능이 얼마나 뛰어난 능력을 자랑하는 것이었는지를 뼈저리게 느끼게 됐다.

하지만 동시에 그의 탁월한 감각은 조금씩 지쳐 가는 상대의 상태를 인지했다.

'점점 약해지고 있어.'

물론 그만큼 성희의 몸에 가해지는 부담 또한 가중되었다.

혼돈의 힘은 그 자체만으로도 통제하기가 힘든 폭발적인 능력을 지니고 있었다.

이를 쉴 새 없이 막아내는 일이 어찌 마냥 쉽기만 할 까?

당연히 그 피해가 막아내고 있는 당사자인 성희의 몸에 조금씩 누적되고 있었다.

강렬한 일격을 날린 유건이 그 반동을 이용해 뒤로 몸을 뺐냈다.

흘깃 뒤쪽을 보니 팔짱을 낀 채로 두 사람의 격돌을 지켜보고 있는 더 블랙의 얄미운 면상이 보였다.

'제기랄.'

그에게 있어서 성희는 있어도 그만 없어도 그만인 소모품일 뿐.

몸이 상한다고 해서 뒤로 빼거나 할 일은 일어나지 않을 터였다. 보나마나 그대로 산산이 부서져 나갈 때까지 방치할 것이 분명했다.

어차피 그녀의 역할은 자신의 힘을 빼놓는 게 다일 테니…

고민하고 있는 유건의 뇌리 속으로 낯선 음성이 들려왔다.

- 유건씨, 그녀의 이지를 회복할 수 있는 방법이 있습니다!

기존의 그것과는 무언가 다른 차원의 소통방식이었다.

그의 뇌리에 아주 자연스럽게 대화하는 방식이 떠올랐다. 의지를 일으키자 자신의 뜻이 그에게 전해졌다.

- 지국? 그 방법이란 게 뭐죠?

유건에게 직접 의사를 전해 온건 새롭게 일행가운데 합류한 강지국이었다.

- 조금 전 유건씨의 첫 번째 일격이 그녀의 보호막을 강타했을 때 미약하긴 했지만, 그녀에 대한 더 블랙의 지배력이 약해지는 걸 느낄 수 있었습니다.

"크읏!"

그의 말에 잠시 한눈을 판 유건은 보호막을 두른 채로 달려드는 성희의 발길질에 한참을 뒤로 물러서야 했다.

공격을 방어한 양팔이 욱신거릴 정도로 강력한 일격이었다.

- 유건씨?

- 그러니까, 나보고 아까와 같은 공격을 퍼부으란 말입니까?

- 그렇게 하신다면, 나머지는 제가 알아서 해보겠습니다. 저를 믿으십시오!

'믿으라고?'

그의 말에 서려있는 강한 자신감을 읽은 유건이 갈등되는 마음을 갈무리해 의식의 저편으로 던져버렸다.

지금 중요한 건 그의 말에 대한 의문 따위가 아니

었다. 지금 이 순간에도 성희의 몸은 망가져가고 있었다.

사방에서 자신을 가두기 위해 빠른 속도로 다가오는 사각형 모양의 투명한 막을 피해 급히 몸을 빼낸 유건이 전신의 힘을 모으기 위해 서서히 숨을 골랐다.

'동작 하나 하나마다 전력을 다한다!'

더 이상 뒷일은 생각하지 않기로 했다. 동료를 믿고 뒤를 돌아보지 않는다.

이 단순한 결의 하나가 유건의 몸에서 피어오르는 기세를 전과 비교할 수 없을 정도로 강하게 만들었다.

'응?'

뒤에서 편안한 표정으로 두 사람의 격돌을 구경하고 있던 더 블랙의 얼굴에서 미소가 사라졌다.

주변의 대기가 진동했다.

구구구구구궁…

엄청난 울림이 유건을 중심으로 사방을 향해 퍼져나갔다.

심상치 않은 기운을 감지했는지, 의지 없는 인형처럼 수동적으로 움직이던 성희가 양팔을 들어 올려 전면에 미리 보호막을 생성시켰다.

눈에 확연하게 보일 정도로 두터운 방벽이었다. 그간 보여준 능력을 생각한다면, 그 어떤 공격도 튕겨낼 만큼 튼튼해 보이는 보호막이었다.

이는 물론 공격을 준비하고 있는 유건의 눈에도 확연하게 들어왔다.

까득.

이를 악다문 유건이 터지기 직전까지 부풀어 오른 혼돈의 기운을 주먹에 가득 담아 전면으로 쏘아 보냈다.

고오오오오오!

주변의 대기가 요동쳤다.

그 사이를 소용돌이치는 검은 기류가 맹렬하게 뻗어나갔다.

"깨져랏!"

폭풍전야의 고요처럼 적막한 일순간이 지나고 나자 곧이어 귀를 멀게 만드는 거대한 충격파가 사방으로 뻗어나갔다.

콰아아아아앙!

뒤늦게 엄청난 굉음이 울려 퍼졌다.

그 충격파에 요원들을 비롯한 각종 몬스터들이 이리저리 마구 날아갔다.

각자를 도와가며 버텨낸 요원들에 비해 몬스터들

은 괴성을 질러가며 발버둥 칠뿐이었다.

그렇게 그들이 격돌하던 지역에 거대한 크레이터가 생겨났다.

충격의 여파를 막아내기 위해 전면에 만들어낸 쉴드를 걷어낸 더 블랙의 여인처럼 고운 아미가 찌푸려졌다.

정면으로 대면한 것도 아닌 무작위로 흩어지던 혼돈의 자락 하나 하나에서 느껴지는 기운이 무척이나 위협적이었기 때문이었다.

게다가, 믿기 힘든 일이 일어났다는 걸 감지했기 때문이었다.

'각인이 풀렸다?'

저항이 막강했기에 오랜 시간을 들여, 제법 쓸 만하게 만들어 냈던 가디언과의 연결 고리가 끊어졌다.

그 충돌의 여파가 채 가시기도 전, 무언가 알 수 없는 힘이 작용해 그 둘 사이를 연결해주던 각인의 고리를 끊어낸 것이었다.

알 수 없는 힘, 자신이 알지 못하는 무언가가 나타났다는 사실 자체가 그의 고고한 자존심을 건드렸다.

알 수 없다는 건, 그에게 있어서 불안을 야기하는 요소로 작용한다는 것과도 같았기 때문이었다.

그는 드래곤이었다.

수많은 세월을 살아가며 선대 때부터 내려온 엄청난 양의 지식을 축적해 지혜자의 반열에 오른 한 차원의 조율자였다.

그는 아주 작은 불안 요소로 인해 인간들에게 사냥당하는 치욕을 겪었던 드래곤들의 이름을 알고 있었다.

오만함은 결코 자랑이 아니었다. 오만하기 위해서는 그에 걸맞은 자격을 갖추어야 한다는 것이 그의 신념이었다.

찰나에 불과하긴 했지만, 그는 그 힘의 자락을 쫓아 불안 요소로 자리매김한 존재를 추적해냈다.

'저긴가?'

마법을 통해 무한히 확장된 그의 시야에 정신을 잃은 채 쓰러져 있는 성희를 품에 안고 조금 전 그 알 수 없는 힘을 불어넣고 있는 한 존재가 포착됐다.

불안한 요소는?

생각은 길지 않았다.

'제거한다.'

의지를 굳힌 그가 손을 들어 그를 겨냥했다.

그의 손끝에 둥글게 뭉쳐진 검은 기운이 눈에 보이지 않을 정도의 빠르기로 날아갔다.

그대로 저 멀리 있는 사내의 머리를 뚫어 버리기라도 할 것 같았던 그것이 공중에서 터져버렸다.

"아직, 그럴 힘이 남아 있었나?"

그 자리에는 유건이 조금 전에 비해 한없이 작아진 일견 초라해 보이는 날개를 펼쳐든 채로 숨을 헐떡거리고 있었다.

"헉헉헉헉, 그렇게, 헉헉… 마음대로는 못하지."

이를 드러내며 웃는 유건의 표정은 조금 전에 비해 한결 편안해보였다.

그녀를 구했다!

그 사실이 묵직하게 유건의 마음을 짓누르고 있던 무언가를 순식간에 날려버렸다.

헐떡거리던 그의 호흡이 금세 편안하게 가라앉았다.

혼돈의 힘은 무한히 생성되는 태초의 힘.

그 놀라운 능력이 한계에 가깝도록 힘을 쥐어짜낸 유건의 텅 빈 몸 안을 순식간에 채워나갔다.

그 믿기 힘든 광경을 직접 목도하고 있는 더 블랙의 얼굴이 살짝 일그러졌다.

그의 손가락이 튕겨졌다.

이내 사방에 수많은 바람의 칼날이 생겨나 유건을 향해 쇄도했다.

하나하나에 강대한 기운이 서린 바람의 칼날이 끝도 없이 밀려들었다.

화아악!

유건의 등 뒤에서 거대한 열두 장의 날개가 뻗어나와 그의 몸을 감싸 안았다.

성희와의 교감을 통해 한결 진화한 그 날개 위에는 성희가 발현했던 이능의 그것과 유사한 투명한 막이 덧씌워져 있었다.

펑! 펑펑! 퍼퍼퍼펑!

날개 위를 쉴 새 없이 두드리는 칼날의 소나기가 지나가기를 기다리던 유건의 뇌리에서 강한 경고성이 울려 퍼졌다.

다급히 몸을 빼내려던 유건의 몸이 공중에서 덜컥 멈춰 섰다.

마치 거대한 거인의 손아귀에 붙들리기라도 한 것처럼 옴짝달싹 할 수 없었다.

"크윽!"

그의 앞에서 더 블랙이 푸르게 불타오르는 불덩어리를 한손에 띄운 채로 비릿하게 웃고 있었다.

"사라져라 건방진 인간."

어떠한 이유에선지 모르지만 이곳으로 흘러들어온 마도의 비의를 엿본 이들이 만들어낸 그것과는 차원이 다른 헬 파이어가 유건을 향해 날아들었다.

이글거리는 열기로 인해 대기가 이지러져서 주변의 풍광이 굴절되어 보일 정도였다.

유건의 몸을 부여잡고 있는 것은 눈에 보이지 않는 거대 한 손.

마법으로 구현된 거인의 그것이었다.

앞뒤로 강하게 몸을 흔들어 겨우 틈을 마련한 유건이 그대로 맹렬하게 회전했다.

가가가각!

그를 부여잡고 있던 거인의 손과 유건의 몸이 마찰을 일으키며 하얀 연기와 함께 누런 불꽃을 토해냈다.

그렇게 회전하고 있던 유건의 머리 위를 집채만한 푸른 불덩어리가 강타했다.

'피한건가?'

더 블랙의 고개가 위로 향했다.

그 찰나의 순간 솟구쳐 오른 유건이 신창 롱기누스를 꺼내 들고는 팔을 한껏 뒤로 젖혔다.

꿈틀!

유건의 몸 안에 가득 차있던 혼돈의 기운이 엄청난 기세로 창대를 향해 몰려 들어갔다.

유건이 자신의 손아귀에서 마치 살아있는 잉어처럼 펄떡대던 롱기누스의 창을 더 블랙을 향해 있는 힘껏 집어던졌다.

투콰콰콰콰!

맹렬하게 소용돌이치는 창의 회전으로 인해 거대한 회오리가 생겨났다.

"흥!"

가볍게 코웃음을 날린 더 블랙이 주문을 외웠다.

"절대 방벽(Absolute Shield)!"

그러자 그의 전면을 푸른빛을 띠는 막이 생겨나 쇄도하는 창을 가로막았다.

쩌어어어엉!

강렬한 굉음과 함께 창이 실드를 뚫고 들어갔다. 그러나 이내 중간에 멈춰서고 말았다.

그럴 줄 알았다는 듯이 창을 던지자마자 몸을 날렸던 유건이 창대의 끝을 그대로 걷어찼다.

파캉!

그러자 중간쯤 파고들다 말고 멈춰서있던 창이 쏜살같이 더 블랙을 향해 날아들었다.

쩌어엉!

맹렬하게 날아들던 창이 더 블랙의 몸을 꿰뚫기 직전!

갑자기 모습을 드러낸 방패가 그의 전면을 가렸다. 유건이 날린 회심의 일격이 일반적인 카이트 실드 형태를 띤 방패에 가로막히고 말았다.

일견 평범하게 보이는 방패지만 창과 부딪히면서 잠깐 드러난 복잡한 문양들은 그것이 보통 방패가 아니라는 사실을 알려주었다.

"이 내가 미카엘의 방벽까지 꺼내들게 만들다니…."

피식 웃은 더 블랙이 방패를 한손으로 옮기자 전신을 가릴 정도로 컸던 방패가 서서히 줄어들어 한손으로 사용하기에 알맞은 크기로 변했다.

그리고 그의 남은 한손에는 고풍스러운 장검이 쥐어져 있었다.

"라파엘의 분노라고 한다. 고대 천신들과의 전투에서 얻은 전리품들이지."

검을 들고 눈으로 부드럽게 이를 훑어 내린 더 블랙이 아련한 눈빛으로 말했다.

마치 과거의 어느 시점을 보고 있는 듯 부드럽게 풀려있던 그의 눈이 유건을 향했다.

"내게 이것들을 꺼내들게 한 이상, 편안히 죽지는 못할 것이야."

"누가 죽는데! 이 새끼야아!"

어느새 그의 전면으로 날아든 유건이 손을 뻗자 거대한 화룡이 그의 손을 타고 더 블랙을 향해 날아들었다.

· ∵ ·

유건의 소유가 된 뒤 혼돈의 기운을 게걸스럽게 먹어치우며 힘을 비축했던 이프리트의 화염에는 기존의 것들과는 궤를 달리하는 파괴력이 담겨 있었다.

용트림을 하며 달려드는 화룡을 향해 더 블랙이 라파엘의 분노라고 불리는 천신의 장검을 휘둘렀다.

스파앗!

예리한 절삭음과 함께 거대한 화룡이 마치 둘로 분열이라도 하듯이 반으로 갈라졌다.

"씁!"

화룡의 뒤를 따라 몸을 날렸던 유건의 잇새에서 바람이 새어 나왔다.

기호지세(騎虎之勢)!

오른팔을 잔뜩 뒤로 끌어당긴 채 온 몸을 비튼 유건의 몸이 마치 팽이처럼 휘돌았다.

자연스럽게 그 끝에 위치한 신창 롱기누스가 엄청난 속도로 회전했다.

빗살과도 같은 지르기가 더 블랙과 유건사이에 존재하는 공간의 최단거리를 가르고 지나갔다.

투콰콰콱.

미카엘의 방벽에 가로막힌 유건의 창대가 맹렬하게 회전하며 그 위를 갉아댔다.

'응?'

방패를 뚫어버리기 위해 전력을 집중하고 있던 유건은 별안간 뒷골이 서늘해지는 것을 느끼고는 곧바로 고개를 숙였다.

쇄액!

방금 전까지 그의 머리가 있던 자리를 소름끼치도록 날카로운 장검이 꿰뚫고 지나갔다.

섬뜩!

그대로 창대를 놓고 몸을 빼낸 유건을 쫓기보다 힘을 잃고 떨어져 내리는 신창 롱기누스를 잡아챈 더 블랙이 흥미로운 눈으로 이를 훑어 내렸다.

"호오, 꽤나 보기 드문 아티팩트로군. 기본적인 증폭능력에다가 자가 수복, 거기다 절대 파괴불가까지 걸려있어. 흐음, 적당한 수준의 자아까지 갖추고 있다니… 흥미롭군."

벗어나고 싶다는 듯 펄떡거리는 창대를 굳게 틀어쥔 채 살펴보던 그가 유건을 향해 창대를 던졌다.

의아한 눈으로 자신을 쳐다보는 유건을 향해 그가 입을 열었다.

"우습구나, 저렇게 흔하디흔한 아티팩트를 내가 탐내기라도 할 줄 알았더냐?"

자존심에 상처를 입기라도 한 것일까?

유건의 손에 들려있던 신창 롱기누스가 가늘게 몸을 떨어댔다.

"그거야 누가 사용하느냐에 따라 다른 거 아닌가?"

유건의 말에 잠시 고개를 갸웃 거리던 그가 피식 웃으며 답했다.

"그도 그렇군."

유건의 말을 증명하기라도 하듯이 그의 손에 들린 창대로 노도와 같이 혼돈의 기운들이 밀려들어가고 있었기 때문이었다.

단순한 증폭능력이라 할지라도 증폭의 대상이 되는 기본적인 능력 자체가 저 정도로 무한에 가깝다면 그 가치는 한없이 높아질 테니까.

게다가 그 힘의 증폭 과정 중에 발생할 수 있는 문제를 원천적으로 봉쇄하는 절대 파괴 불가와 자가 수복까지…

마치 처음부터 유건이라는 사용자를 염두에 두고 만들어진 물건 같았다.

"이래서 인과의 흐름이란 무섭다니까…."

알 수 없는 소리를 하며 고개를 내젓던 더 블랙의 눈가로 붉은 기운이 스쳐갔다.

그 인과의 흐름에 휩쓸려 사라져간 동족들의 수는 결코 적지 않았다.

그들 중에는 자신이 지닌 능력보다 월등한 능력을 자랑하던 고룡들도 적지 않게 섞여 있었다.

그 순간 그의 뇌리에 불길한 예감이 스쳐지나갔다.

이런 종류의 예지에 가까운 감각은 언제나 원치 않는 결과를 만들어내곤 했었다.

"유희는 그만 하는 게 좋겠구나."

비록 그 유희가 일생동안 두 번 다시 경험하기 힘든 만큼 특이한 것이라 할지라도.

아쉽다는 듯 가볍게 한숨을 내쉰 더 블랙이 유건을 향해 오른손을 내밀었다.

"흐읍!"

엄청난 인력(引力)!

열두 장의 날개를 활짝 편 채로 자신을 빨아들이는 엄청난 힘에 대항하던 유건의 눈이 믿기 힘들다는 듯 부릅떠졌다.

"브…블랙 홀?"

작은 점처럼 보이던 것이 점차 그 크기를 확대해 가며 주변의 모든 것을 빨아들이기 시작했다.

그 여파로 인해 엄청난 기세로 격돌하고 있던 양측 모두 싸움을 멈출 수 밖에 없었다.

"끄오오오오오!"

유건의 옆으로 거대한 크기의 트윈 헤드 오우거 한 마리가 애처로운 울음을 토해내며 이제는 작은 주먹 만해진 구멍 안으로 우겨져 들어갔다.

꽈득! 꽈드득!

"꾸웩!"

작은 구멍 안으로 언 듯 보기에도 3미터는 될법한 크기의 몬스터가 우겨져 들어가는 모습은 무척이나 이질적으로 다가왔다.

그 뒤를 이어 각종 몬스터들이 구멍 안으로 빨려 들어갔다.

'요원들은?'

고개를 돌려 뒤를 돌아본 유건의 눈에 비친 광경은 절로 미소를 짓게 만들었다.

장 루이와 강지환을 필두로 한 일행들의 뒤로 각자 팔짱을 낀 채 버텨내고 있는 수많은 요원들의 얼굴에서 진땀이 흘러내렸다.

그러나 그도 잠시 일행을 둥글게 에워싸고 있던 거대한 얼음 장벽에 서서히 금이 가기 시작했다.

어느덧 작은 공 만했던 검은 구멍이 사람만한 크기로 성장해 있었다.

"크윽!"

가장 가까이에서 그 인력(引力)에 대항하고 있던 유건의 입에서 신음소리가 흘러나왔다.

"으아아아악! 살려줘어~!"

그런 유건의 곁으로 가장자리에 서있었던 요원 하나가 스쳐지나갔다.

그러나 유건으로서도 버티는 것이 최선일 뿐, 그를 구할 엄두조차 낼 수 없었다.

그 어마어마한 힘의 영향력 아래서 자유로운 이는 오직 더 블랙 그가 유일했다.

"으득! 대체! 무슨 짓을 하는 거냐!"

핏대가 붉어진 얼굴로 소리 지르는 유건을 향해 더 블랙이 비릿한 조소를 머금은 채 말했다.

"너는 이 모든 상황에 대해 단 한 번도 이상하다고 생각해 본적 없는가?"

"……?!"

그의 말에 유건은 지금의 상황도 잊은 채 전신에 엄습해 오는 불길한 예감을 밀어내기 위해 이를 악다물었다.

그라고 해서 왜 의심하지 않았을까?

마치 아귀가 맞아 들어가듯이 하나 둘씩 차근차근 진행되는 여러 일들 가운데서 그는 가끔씩, 아니 자주 마치 자신이 마리오네트처럼 누군가에 의해 조종당하는 인형이 된 것 같다는 느낌을 지울 수 없었다.

"대, 대체 무슨 말을 하는 거야?!"

"후후후후, 그래도 전혀 모르고 있었다고는 말할 수 없었나보군."

"이, 이 새끼가!"

"너는 의심했어야 했다. 평화로운 한 나라의 수도, 그 가운데서도 가장 안전하다고 보장되는 지하철이라는 공간에서 어떻게 트롤이라는 몬스터를 만나게 되었는지."

"서, 설마?!"

좌우로 쉴 새 없이 흔들리는 유건의 눈동자가 그의 마음 상태를 여실히 드러내고 있었다.

"아니지, 그보다 먼저 어떻게 네 아버지인 백차승 박사가 세상의 근원의 자락에 맞닿아 혼돈이라는 힘을 네 안에 숨겨 둘 수 있었는지부터 의심했어야 했다."

"그, 그건…."

"훗, 한낱 인간이 세상의 자락에 닿아 그 신비를 엿볼 수 있을 거라 생각하는가? 어리석은 자여."

연이어 공개되는 차가운 진실.

그 모든 일의 원인 제공자가 서서히 입을 열어 인정하고 싶지 않은 진실에 대해 말하고 있었다.

유건은 자신의 주변을 스쳐지나가며 공포에 질린 얼굴로 검은 구멍 안으로 빨려 들어가는 이들을 전혀 의식할 수 없었다.

"어쩌면 이를 알아차린 이는 숲의 일족인 아나지톤, 그가 유일하다 할 수 있겠구나."

"그는… 알고 있었다?"

"그래, 그러니 너를 도와 오히려 그 힘을 활용해 내게 대적하려는 계획을 세운 것이겠지. 어쩌면 이조차 어리석음의 또 다른 표현이라고 해야겠구나. 제 아무리 숲의 일족이라 할지라도 인식 할 수 있는 한계는 분명한 것을…."

유건은 지금까지의 모든 행동들이 더 블랙의 의도 하에 행해졌다는 그 믿기 힘든 사실을 계속해서 부인하기 위해 맹렬하게 사고를 이어나갔다.

'아, 아니다…그는 나를 뒤흔들기 위해 지금 거짓을 고하고 있어.'

그러나 그러한 의심을 떠올리면 떠올릴수록 지금까지 의심스러웠던 모든 순간들이 해명되기 시작했다.

"너는 혼돈의 씨앗을 싹틔우기 위해 택한 나의 그릇이었다."

두둥!

엄청난 선고.

내가 지금도 내부에서 맹렬하게 반응하는 이 혼돈의 기운을 키워내기 위해 선택된 도구에 불과하다?

그런 그에게 설명하기라도 하듯이 더 블랙이 아련한 눈을 들어 저 먼 허공을 쳐다보며 말을 이었다.

"이 세계로 향하는 차원의 균열이 발생한 순간, 나는 직감했다. 어떻게 하면 이 모든 차원계에 존재하는 이들 위에 군림할 수 있을 것인가를 고민하던 내게 그 해답을 줄 수 있을 것이라는 사실을!"

"으아아아악! 살려… 커흑!"

구멍을 향해 빨려 들어가던 요원을 향해 손을 뻗자 그의 신형이 더 블랙의 손으로 날아들었다.

자신의 손아귀에 사로잡힌 채 발버둥치는 이의 충혈 된 눈동자를 지그시 쳐다보던 그가 말을 이었다.

"고대로부터 신이라 불리는 것들이 이 내게 이토록 보잘 것 없는 인간을 위해 살라는 임무를 부여했다. 중간계의 조율자?! 크크크큭. 허울 좋은 명칭일 뿐, 그 속에 담긴 뜻은 명확했다. 신을 대신한 관리자의 자리를 뜻하는 것이었지…."

퍼억!

그의 손아귀에 잡혀 있던 요원의 머리가 터져나갔다.

손아귀에서 흘러내리는 핏물을 가볍게 털어낸 그가 말을 이었다.

"내가 혼돈의 씨앗을 발견한 것은 그리 오래 되지 않았다. 아이러니하게도 이에 대한 단초를 제공한 것은 바로 너희 차원에 속한 인간들이었지."

– 유, 유건! 그자의 말을 듣지 말아요!

그 순간 하루나의 다급한 목소리가 유건의 뇌리를 흔들었다.

– 하루나?

– 지금 저자의 말은 모든 인류의 머릿속으로 전해지고 있어요. 휘말려서는 안 됩니다.

211

- 그럼, 저자가 하는 말이 모두 거짓이라는 겁니까?
- 그, 그건…

다급히 의식을 전한 하루나 였지만, 그녀 역시도 유건과 같이 더 블랙 그자의 말에 반박할 수 있는 아무런 확신도 가지지 못한 채였다.

"기억하는가? 너희 인간들이 이쪽 차원과 내가 속한 차원 사이에 작은 구멍을 뚫어냈던 순간을?"

그 순간 모든 인류의 뇌리 속에 그날의 진실이 마치 한편의 영화처럼 떠올랐다.

"그때 차원간의 균열이 일어나면서 절대 스며들 수 없었던 혼돈의 자락이 내가 속한 곳으로 흘러들어왔었다. 크크크크, 그리고 마치 내게 이를 알아차려 달라기 라도 하는 것처럼 그 자락이 내가 있는 곳을 향해 날아들었지. 아마도 내 기운을 감지하고 이를 먹어치우기 위해서였겠지만…."

중국인들의 비밀 실험을 통해 생겨난 차원의 균열.

그 작은 틈바구니를 타고 혼돈의 자락이 중간계

로 스며들었다.

지극히 미약한 기운이었기에 그 어떤 드래곤도, 그 어떤 존재들도 이를 알아차리지 못했다.

바람을 타고 마치 민들레의 씨앗처럼 날아가던 그것이 잠자고 있던 더 블랙, 아니 블랙 드래곤 바하무트의 강대한 마력을 감지하고 그쪽으로 방향을 돌렸다.

그 혼돈의 자락의 시야에서 이 모든 것을 지켜보고 있던 인류는 비로소 처음으로 자신들이 대적하고 있는 더 블랙의 진정한 실체를 목도할 수 있었다.

"허억!"

"헉!"

"히익~!"

전 세계에 퍼져 있던 수많은 인류들의 입에서 거의 동시에 경악성이 터져 나왔다.

수많은 이능력자들은 마치 자신들이 그 앞에 서 있기라도 한 것처럼 어마어마한 강대함에 짓눌려 제대로 숨조차 쉬지 못했다.

그 바람에 인력(引力)에 대항하고 있던 수많은 일급 요원들이 속절없이 검은 구멍 안으로 빨려 들어가고 말았다.

그리고 동시에 이들을 지원하기 위해 서둘러 달려오고 있던 각국의 조력자들의 발이 묶였다.

그 누구도 바하무트에게서 뿜어져 나오는 무시무시한 존재감 앞에서 자유로울 수 없었다.

'우리 인류는… 이런 자와 대적하려고 했었던 것인가?'

하루나가 심장을 옥죄어 오는 거대한 존재감 앞에서 힘겹게 호흡을 이어나가며 암울한 눈으로 이어지는 광경을 바라보았다.

잠들어 있던 바하무트는 혼돈의 자락이 자신의 지척까지 다다른 뒤에야 비로소 이를 감지해냈다.

당장이라도 꺼질 것처럼 미약한 기운이었지만, 바하무트는 그 안에 담겨 있는 태초의 혼돈, 그 강력한 힘의 자락을 인지했다.

그리고 이를 자신의 내부로 갈무리했다.

애초에 혼돈의 기운을 어딘가에 가둔다는 것이 불가능한 일이었지만, 지극히 미약해진 혼돈의 자락과 거대한 마력을 자랑하는 드래곤의 만남이 이를 가능하게 만들었다.

'어찌한다?'

블랙 드래곤 바하무트는 생각했다.

이곳 중간계에는 자신을 막아설만한 강력한 존재들이 생각보다 많이 존재하고 있었다.

지금은 모르지만, 이 기운이 조금이라도 성장한다면 금세 이를 감지하고 자신을 막아서기 위해 나설 것이 분명했다.

그때, 바하무트는 차원의 균열을 감지했다.

거의 동시에 이를 알아차린 수많은 드래곤들에게 자신이 나설 것임을 알렸다.

마침 그 균열의 위치도 그가 자리한 레어에서 그리 멀지 않은 곳에 있었다.

그렇게 혼돈의 씨앗을 품고 그리로 날아간 바하무트는 손쉽게 막아버릴 수 있을 정도로 작은 차원의 균열을 발견했다.

그리고는 그것이 일정 크기 이상으로 자라나도록 일부러 방치했다.

그리고 자신의 모든 것을 던져야만 이를 막아낼 수 있을 정도로 차원의 균열이 커지고 난 뒤에야 모든 힘을 쏟아 부어 이를 막아냈다.

그리고 닫혀가는 차원의 문을 향해 화신(化身, Avatar)를 만들어 들여보냈다.

물론, 혼돈의 씨앗은 그 화신으로 옮겨 놓은 뒤였다.

어떻게 한 것인지는 모르지만, 그 차원 간에 존재하는 장벽을 뚫어낸 인간들 덕분에 비교적 안전하게 다른 차원계에 도착한 바하무트의 화신은 곧바로 이 혼돈의 씨앗을 키워낼 방법을 찾기 시작했다.

그렇게 그가 고심하고 있을 때 즈음, 숲의 일족인 아나지톤을 위시로 한 최초의 각성자 그룹이 그에게 달려들었다.

그리고 그때, 바하무트는 백차승이라는 존재에게서 하나의 가능성을 발견했다.

블랙 드래곤의 가장 커다란 장기는 바로 정신계열 마법.

최초의 전투에서 그는 백차승의 뇌리에 각종 정신계 마법을 각인시킨 뒤 자연스럽게 물러섰다.

그리고 그가 각인시킨 마법은 아주 자연스럽게 백차승 박사를 세상의 근원으로 이끌었다.

차원계의 조율자라 불리는 그 드래곤 조차 수천 년을 지내고 난 뒤에야 어렴풋이 감지하게 되는 근원의 자락에 맞닿은 백차승 박사는 전신을 뒤 흔드는 놀라운 환희에 휩싸인 채로 바하무트가 심어놓았던 혼돈의 자락을 갈무리 한 채 되돌아가게 되었다.

그 뒤에 이어진 이야기는 유건도 익히 잘 알고 있는 것이었다.

아나지톤을 통해 전해 들었던 아버지의 희생, 그리고 혼돈의 그릇으로 선택된 자신.

아직 뱃속에 있었던 자신에게 속삭이듯 전하는 아버지의 음성이 현재적으로 유건의 가슴을 울렸다.

'미안하다, 아들아. 부디 이 못난 애비를 용서해다오, 그리고 우리 인류를 구원해다오.'

자신의 존재를 던져 바하무트에게 금제를 건 뒤 근원의 자락을 발견했던 차원의 균열에 스스로 몸을 던진 아버지의 모습이 생생하게 펼쳐졌다.

"크흑!"

유건의 얼굴을 따라 뜨거운 눈물이 흘러내렸다.

아버지인 백차승 박사는 죽는 그 순간까지도 자신이 바하무트의 계략에 걸린 채 조종당하고 있다는 사실을 알지 못했다.

그의 마음을 가득 채우고 있었던 것은 가족에 대한 사랑과 전 인류를 향한 근심뿐이었다.

그리고 뒤이어 유건의 어린 시절이 빠르게 스쳐 지나갔다.

아버지 없이 힘겹게 살아가야만 했던 순간들.

그러다가 지하철에서 우연히 만나게 된 몬스터 트롤.

그제야 유건은 지하철 안에 트롤을 풀어놓은 이가 더 블랙, 블랙 드래곤 바하무트였음을 깨달을 수 있었다.

그가 바로 그 지하철 내부에서 몸을 숨긴 채 트롤을 조종해 유건을 적응자로 만든 뒤 그의 내부에서 죽은 듯이 잠들어 있던 혼돈의 씨앗을 깨웠던 것이었다.

"으아아아아악!"

이 모든 사실을 깨달은 유건은 자신뿐만 아니라 아버지를 비롯한 수많은 이들의 그의 손아귀에서 빠져나가지 못한 채 조종당하고 있었다는 사실에 분노했다.

그의 분노에 찬 절규가 전 인류의 뇌리 속에서 생생하게 울려 퍼졌다.

"흐윽!"

"어찌, 이, 이런 일이…."

그제야 모든 인류는 깨달았다.

자신들 모두가 더 블랙에게 속았다는 사실을…

그리고 그들이 믿고 있던 유일한 대적자 마저 그의 안배를 통해 자라난 혼돈의 그릇에 불과했다는 사실을…

　지독한 무력함이 그들 모두의 어깨를 무겁게 짓
눌렀다.

　- 유, 유건…

　하루나마저 그 어떤 말로도 유건을 위로 할 수 없
음을 알았다.

　그렇게 절규하고 있는 유건과 무기력하게 모든
것을 체념하고자 하는 전 인류의 귓가에 굳건한 의
지가 느껴지는 목소리가 들려왔다.

　- 포기하지 말아요!

　'응?'

　유건은 그 목소리에서 느껴지는 말로 설명할 수
없는 따뜻한 느낌에 고개를 들었다.

　- 오빠, 포기해서는 안 돼요!

　- 서, 성희냐?

　- 네, 걱정 끼쳐서 미안해요 유건 오빠.

고개를 돌려 뒤를 바라보자 탈진한 채 쓰러진 강

지국의 곁에 서서 배시시 웃고 있는 성희의 모습이
들어왔다.

그녀의 곁에 있던 강지국이 그런 유건을 향해 힘
겹게 손을 들어 올려 인사를 건넸다.

울컥.

말로 설명할 수 없는 무언가가 가슴 깊은 곳으로
부터 솟구쳐 올랐다.

"으아아아아아아!"

유건이 저 폐부 깊은 곳에서부터 솟구쳐 오르는
열기를 모조리 토해냈다.

쩌엉!

그 순간 유건의 뇌리를 잠식하고 있던 무언가가
깨져나갔다.

"쳇, 거의 끝났었는데… 아쉽군."

손쉽게 힘을 취할 것이라 생각했던 더 블랙이 가
볍게 혀를 차며 마력을 거둬들였다.

인위적으로 만들어냈던 블랙홀은 그의 주의를 분
산시키기 위한 도구였을 뿐, 정작 중요한 것은 다른
마법이었다.

성희의 도움으로 정신계 마법에서 벗어난 유건이
불타오르는 이프리트의 화염과 더불어 피어오른 혼
돈의 기운을 온 몸에 두른 채로 더 블랙을 향해 달

려들었다.

"더 블래애애애액!"

· ⋎ ·

투콰콰콰쾅!

유건의 일격에 담긴 묵직함에 인상을 찌푸린 더 블랙이 한참을 뒤로 튕겨져 나갔다.

그의 주먹을 막아낸 미카엘의 방벽이 살짝 우그러들었다.

'여기에 상처를 내?'

과거 천신과의 전투 때 그 누구도 그의 방패를 뚫어내지 못했다는 사실을 떠올린 더 블랙의 눈빛이 깊이 가라앉았다.

역시나 혼돈의 힘은 그가 이런 모든 일을 시도할 만한 가치가 있었다. 그 사실을 재확인 한 더 블랙이 유건을 향해 쇄도했다.

그의 몸에서 은은한 서기가 비치는가 싶더니 이내 전신을 감싸는 찬란한 갑옷이 그 모습을 드러냈다.

"하아압!"

쇄도한 더 블랙이 그대로 검을 그어 내렸다.

까아앙!

신창 롱기누스를 들어 이를 막아낸 유건이 그대로 바닥을 향해 곤두박질쳤다.

콰앙!

작은 구덩이를 만들어 내며 거칠게 틀어박힌 유건이 언제 그랬냐는 듯 빠른 속도로 더 블랙을 향해 날아들었다.

그런 유건을 향해 더 블랙이 주문을 외웠다.

"절대 중력(Absolute heaviness)!"

그 즉시, 유건의 몸이 덜컥 멈춰 섰다. 그리고는 조금 전에 비해 몇 배는 더 빠른 속도로 추락했다.

콰아아아앙!

주변의 대기가 은은하게 흔들릴 정도로 강한 충돌이었다.

- 유건!
- 오빠!

그런 그를 향해 내리 꽂이듯이 수직 하강하던 더 블랙의 몸이 우측으로 튕겨져 나갔다.

그 자리에 장 루이와 지환이 모습을 드러냈다.

"절대 빙벽!"

그리고 그 뒤를 이어 거대한 얼음의 장벽이 더 블랙이 떨어져 내린 곳 주변을 에워쌌다.

"제임스! 어서!"

"가고 있다고!"

주변의 대기를 태울 듯이 이글거리는 화염을 온몸에 두른 제임스가 유건을 향해 달려갔다.

"이런!"

구덩이에 반쯤 몸을 파묻은 채로 힘겹게 몸을 일으키고 있던 유건이 엄청난 양의 피를 토해내고 있었다.

다급히 그를 일으켜 세운 제임스가 하루나를 향해 달려갔다.

"조금만 참아, 곧 치료해 줄 테니까."

그런 그의 뒤에서 엄청난 굉음이 울려 퍼졌다.

사위를 가득 채우고 있던 거대한 크기의 얼음덩어리가 산산 조각나며 사방으로 흩어졌다.

"저 새끼는 추위도 안타나?"

나직이 투덜거린 지환이 집채만 한 얼음 덩어리 둘을 양측에 만들어 낸 뒤 솟구쳐 오르는 더 블랙을 향해 집어 던졌다.

그리고 그 사이로 장 루이가 그를 향해 은밀하게 다가갔다.

쩌엉! 쩌엉!

단 두 번의 일격으로 거대한 얼음덩어리들이 분쇄됐다.

"쳇! 그래보여도 그거 엄청나게 압축한거라고! 좀 힘들어 해야 하는 거 아니냐!"

뒤늦게 몸을 날린 그가 셀 수 없이 많은 얼음 칼날들을 만들어 자신의 주변을 에워쌌다.

이를 그대로 받아내며 쇄도하는 더 블랙의 무식함에 질린 지환이 다급히 몸을 틀기 직전, 날아들던 더 블랙의 신형이 휘청거리며 한쪽으로 튕겨져 나갔다.

투우웅!

범종이 울리는 것 같은 굉음과 함께 튕겨져 나가는 더 블랙의 뒤를 따라 장 루이가 몸을 날렸다.

"휘유~ 터프하기도 하셔라."

조금 전 전신을 압박해오던 더 블랙의 무시무시한 기세를 떠올린 지환이 가볍게 몸을 떨었다.

그리고 장 루이를 지원하기 위해 몸을 날렸다.

유건의 몸의 균형이 깨지자 그 안에 자리하고 있던 혼돈의 기운이 미친 듯이 날뛰기 시작했다.

빠르게 하루나들이 있는 곳으로 되돌아온 제임스는 그의 등에서 느껴지는 유건의 상태가 별로 좋지 않다는 것을 직감했다.

"빨리!"

다급히 유건을 내려놓은 제임스가 강지국을 향해
소리쳤다.

성희를 회복시키느라 탈진 직전이었던 그는 스승
인 아나지톤에게 전해 받은 회복계 포션을 한 병 다
비우고 난 뒤에야 비로소 원래의 상태로 되돌아올
수 있었다.

마지막 남은 포션을 들이켠 뒤 다급히 유건을 향
해 다가간 강지국이 잔뜩 인상을 찌푸렸다.

"무슨 몸 상태가!"

어디서부터 치료를 시작해야 할지 갈피를 잡지
못한 채 우왕좌왕 하고 있던 그를 도운 것은 다름
아닌 성희였다.

"제가, 날뛰는 기운을 억제하도록 할게요, 그 부
위부터 치료하는 걸로 해요."

"아! 좋은 방법입니다."

그렇게 성희가 자신의 이능을 이용해 혼돈의 기
운을 억제하면, 뒤이어 강지국이 그 부위를 치료했
다.

마치 오랜 시간 손발을 맞춰왔던 사람들처럼 두
사람의 호흡은 완벽했다.

빠른 속도로 회복되어 가는 유건을 치료하던 강지국이 성희의 얼굴을 흘깃 쳐다보았다.

'분명 본인 몸 상태도 별로 안 좋을 텐데….'

그녀의 몸 상태에 대해서는 그녀를 치료한 강지국이 제일 잘 알고 있었다.

이를 증명하기라도 하듯이 쉬지 않고 이능을 발현하는 그녀의 이마 위로 식은땀이 송골송골 맺혀 있었다.

그의 시선을 느낀 성희가 그를 바라보며 입모양만으로 자신의 뜻을 더했다.

'비밀로 해줘요.'

이런 게 사랑이란 걸까?

아직 불타는 사랑에 대한 경험이 없는 그로서는 이해할 수 없는 영역이었다.

그녀의 정성이 통한 것인지 유건의 상태가 급격하게 호전되기 시작했다.

생각해 보니 그는 트롤이라는 질긴 생명력을 자랑하는 몬스터의 피를 통해 적응자가 됐다고 했다.

아니나 다를까 어느 기점을 지나자 그의 육체가 알아서 상처들을 치료해 가기 시작했다.

"성희야?"

"오빠, 다행이야."

와락!

눈을 뜬 유건이 성희의 얼굴을 확인하자마자 벌떡 일어나 그녀를 끌어안았다.

"괜찮은 거야? 어디 아픈 데는 없고? 정말 다행이다. 다행이야. 내가 정말… 너를 잃는 줄 알고 얼마나 마음 졸였던지…."

쉴 새 없이 쏟아지는 유건의 질문에 답하려고 입을 열었던 그녀가 말없이 유건의 몸에 깊숙이 몸을 묻었다.

"큼큼…거 사랑도 좋지만, 때와 장소를 좀 가려야…."

제임스의 짓궂은 말에 얼굴이 붉어진 두 사람이 황급히 떨어졌다.

"아욱! 왜 꼬집어?"

자신의 옆구리를 꼬집은 하루나를 향해 투덜거리던 그가 그녀의 날카로운 눈초리에 한발 뒤로 물러섰다.

"험험, 고놈 참 잘 싸운다~"

강렬하게 격돌하고 있는 더 블랙과 두 사람을 바라보며 제임스가 딴청을 피웠다.

그의 모습에 나머지 사람들의 얼굴에 미소가 피어올랐다.

"아무튼 저런 실없는 모습만 좀 빼면 괜찮은데 말이야… 그나저나 좀 괜찮아? 유건?"

하루나의 물음에 유건이 잠시 내부를 관조한 뒤 고개를 끄덕였다.

"저 두 사람으로는 시간을 끄는데 한계가 있어. 그러니 잘 들어."

"네. 말씀하세요."

"조금 전 그가 우리 모두에게 전해준 건, 아마도…."

잠시 말을 멈췄던 그녀가 이내 쉬지 않고 말을 이었다.

"사실일 확률이 높아. 그래도 지금 중요한 건 그게 아니야. 기억해야 할 사실은 첫째로, 그가 밝혔다시피 네 안에 있는 그 혼돈의 힘은 더 블랙 그자가 취하려는 절대적인 힘이란 거고 두 번째로 그만큼 그 힘을 잘 활용하면 그를 이겨낼 수도 있다는 거야. 이해했지?"

"네."

"우리가 최대한 서포트 할 테니까, 너는 오직 한 가지만 생각해. 그를 이긴다는 그 한 가지만!"

"이긴다라…."

그녀의 마지막 말을 되뇌던 유건이 자신의 곁을

둘러싸고 있는 이들을 천천히 훑어보다가 성희를 바라보았다.

피식 웃은 그가 그녀의 얼굴을 부드럽게 어루만지고는 말했다.

"다녀올게."

"응, 기다릴게."

서로를 마주보며 환하게 웃는 두 사람의 모습에 나머지 일행들의 얼굴에도 미소가 번졌다.

"그럼 다녀오겠습니다."

"이번엔 같이 가자고."

그와 어깨를 나란히 한 제임스가 여전한 모습으로 그를 향해 윙크를 날렸다.

"그럼, 잘 부탁합니다."

"걱정 마, 적어도 네 발목을 잡지는 않을 테니. 하아압!"

급격하게 밀리기 시작한 두 사람을 돕기 위해 제임스가 힘을 끌어올려 더 블랙을 향해 강렬한 불기둥을 작렬시켰다.

쿠쿠쿠쿵!

하늘로부터 지상으로 내리 꽂힌 거대한 불기둥이 주변의 대기를 들끓게 만들었다.

그가 만들어낸 찰나의 간극을 이용해 몸을 빼낸

두 사람이 엉망이 된 채 하루나들이 있는 곳으로 몸을 피했다.

"헉헉헉헉…."

"크하악! 퉤!"

바닥에 엎드린 채 가쁜 숨을 내쉬는 지환과 걸쭉한 핏물을 뱉어낸 장 루이 두 사람 모두 몰골이 말이 아니었다.

황급히 다가온 강지국이 그들을 치료하기 시작했다. 만약을 위해 가져라가며 챙겨준 회복 포션들을 물처럼 들이켰다.

저만치서 강렬한 불기둥이 터져나가며 후끈한 열기가 이곳까지 밀려들었다.

얼굴을 뜨겁게 만드는 열기를 느끼며 강지국이 속으로 그들을 응원했다.

'부디… 승리하시길!'

· ▾ ·

제임스는 수명이 급격하게 단축되는 것을 막기 위해 스스로 걸어놓았던 금제를 해제했다.

불은 만물 가운데 가장 활동적인 기운이었다. 그리고 그렇기에 더 없이 아름다우면서도 치명적인 위험을 내포하고 있었다.

오죽하면 초에 피어난 작은 불꽃마저 이를 바라보는 이들을 홀리게 만드는 마력이 있을 정도였다.

제임스의 머리카락이 붉게 물들었다. 타는 듯이 솟구쳐 하늘거리는 그의 머리카락은 마치 하나의 불꽃같았다.

잠시 후 그의 온 몸에서 거대한 열기가 피어올랐다.

암적색에서 적색으로 뒤이어 하얗게 피어오르던 불덩어리들이 최종에 가서는 푸르게 물들었다.

청광을 띤 채로 불타오르는 불덩어리들이 제임스의 주변을 자유롭게 돌아다녔다.

그 안에서 느껴지는 범상치 않은 힘에 유건이 놀란 눈으로 그를 쳐다보았다.

눈이 마주친 제임스가 익살스런 표정으로 윙크를 날렸다.

"누구나 숨겨둔 비장의 한 수 정도는 있는 법이라고."

그 말을 끝으로 더 블랙을 향해 달려드는 제임스를 따라 청염의 불꽃들이 날아갔다.

마치 도깨비불처럼 보이는 청염을 두른 채 더 블랙과 격돌하고 있는 제임스의 모습은 마치 신화 속에서나 등장하는 불의 정령의 모습과도 같았다.

"흐음."

방패로 전면을 가려 자신이 펼친 방어막을 녹여 버리고 날아든 불꽃을 막아낸 더 블랙의 입에서 알 수 없는 소리가 흘러나왔다.

그런 그가 뒤이어 날아드는 후끈한 열기를 피해 뒤로 몸을 날렸다.

"어디서나 불을 다루는 이들은 위험한 것 같군."

백광을 띠고 있는 갑옷의 끝자락에 옮겨 붙어 타오르고 있는 청염을 털어낸 더 블랙이 이를 드러내 며 웃었다.

그가 손가락을 튕기자 검과 방패, 그리고 갑옷이 순식간에 사라졌다.

그리고 그의 손에 자그마한 스태프가 들려 있었다.

"꽤나 오래전에 마법사로서 유희를 즐긴 적이 있 었지. 이건 그때 내가 즐겨 쓰던 마법사 전용 스태 프라네."

추억에 잠긴 듯 미소 짓고 있던 그가 가볍게 스태 프를 앞으로 내밀자 이내 어마어마한 불기둥이 제 임스를 향해 쏘아져나갔다.

"헛!"

다급히 불꽃의 방벽을 펼쳐 이를 막아낸 제임스

가 놀란 눈으로 전면을 바라보았다.

"그때 내 별명이 진홍의 마법사였지, 이에는 이로, 불에는 불로? 여기서는 그게 황금률이라지?"

뒤이어 더 블랙의 주변으로 제임스의 그것과 꼭 닮은 불덩어리들이 셀 수 없을 정도로 생겨났다.

"흥, 내가 질 것 같으냐?"

조금 열세로 보이던 제임스의 주변으로도 금세 불덩어리들이 가득 생겨났다.

청염 대 청염

아무런 속임수도, 기교도 필요하지 않은 절대적인 힘의 격돌이었다.

쿠아앙! 쾅! 콰아앙!

공중에서 격돌한 불꽃들이 비산하며 주변의 대기를 들끓게 만들었다.

수없이 많은 불꽃을 만들어내며 격돌하는 와중에도 더 블랙은 조금 전부터 느껴지지 않는 유건의 기척을 찾아내기 위해 감각을 확장시켜 나갔다.

'어디 간 거지?'

아지랑이를 피어 올리는 주변의 대기로 인해 제대로 무언가를 감지해 내기가 쉽지 않았다.

"어딜 한 눈 파는 거야?!"

그가 자신과의 싸움에 집중하지 않고 있다는 것

을 알아차린 제임스가 분노에 가득 찬 목소리로 외쳤다.

상대의 모습은 잘 보이지 않지만, 그 정도는 느껴지는 기세만으로도 충분히 파악해 낼 수 있었다.

울컥한 제임스의 손에서 지금까지와는 차원이 다른 열기를 내뿜는 거대한 불덩어리가 생겨났다.

"이거나 처먹고 뒈져라 새끼야!"

이글거리는 거대한 푸른 불덩어리에서 막대한 기세가 느껴졌다.

더 블랙으로서도 감히 경시할 수가 없었는지 유건을 찾으려던 시도를 포기하고 전면에서 다가오는 거대한 불덩어리에 집중했다.

막아낼 것인가? 아니면 대항할 것인가?

고민은 짧았다.

더 블랙의 스태프에 박힌 붉은 보석에서 밝은 빛이 뿜어져 나오는가 싶더니 이내 제임스의 그것과 거의 같은 크기를 자랑하는 불덩어리가 생겨났다.

곧이어 두 거대한 불덩어리가 격돌했다.

쿠아아아앙!

사방으로 튕겨져 나가는 불꽃의 파편들만으로도 어지간한 것들은 모조리 파괴될 정도였다.

싸움으로 인해 생겨난 광장을 넘어서 거대한 도

시 전체가 맹렬히 타오르는 청염의 먹이로 전락했다.

도시 가스 배관이 일그러지며 곳곳에서 불꽃이 솟구쳐 올랐다. 그 광경이 마치 전쟁터를 방불케 했다.

시커먼 연기들이 곳곳에서 피어오르며 시야를 어지럽혔다.

미간을 찌푸린 더 블랙이 가볍게 손을 내저었다. 어디선가 불어온 강풍이 연기를 저 멀리 날려 보냈다.

'응?'

그의 시야에 당연히 잡혀야할 제임스의 모습이 사라졌다.

"절대 빙벽!"

쩡쩡!

들끓어 오르는 대기를 단숨에 식혀버리며 거대한 얼음 빙벽이 나타나 더 블랙을 사방에서 에워쌌다.

강지국의 노력을 통해 금방 회복한 지환이 탈진 직전인 제임스를 대신해서 전장에 모습을 드러낸 것이었다.

"지금이야! 유건!"

조금 전과 달리 몇 배는 더 압축된 거대한 얼음의 방벽으로 인해 더 블랙조차 얼마간 운신의 제약을 받을 수밖에 없었다.

그 찰나의 순간.

흠칫!

등줄기를 타고 솟구쳐 오르는 기묘한 감각에 놀란 더 블랙의 고개가 위를 향했다.

지금까지 몸을 숨긴 채 서서히 힘을 개방하고 있던 유건이 전력을 다한 일격을 날렸다.

혼돈의 힘에 자아가 먹혀버릴 것을 우려해 무의식중에 이를 억제하고 있던 유건은 성희의 도움으로 이러한 우려를 단숨에 불식시킬 수 있었다.

이는 마치 속도 제한이 걸려 있던 최고 성능을 자랑하던 스포츠카가 비로소 마음껏 달릴 수 있게 된 것과도 같았다.

게다가 유건은 자신의 내부에서 꿈틀대고 있는 미지의 힘에 대한 확신이 없었다.

그러나 이는 더 블랙의 친절한(?) 상황설명 덕분에 더 이상 문제가 되지 않았다.

자신은 혼돈이라는 힘을 키우기 위한 그릇으로 선택되었다. 이는 부인할 수 없는 사실이었다.

물론 그 최종 원인은 더 블랙에게 있었지만, 그를

그릇으로 선택하고 혼돈이라는 막강한 힘을 통제할 수 있을 만큼 강하게 만들어 놓은 것은 그의 아버지 백차승 박사였다.

그가 혼돈이라는 극히 불안정하고 파괴적인 힘을 담아둘 그릇으로서 자신의 아들을 선택할 때에 그만한 대비를 하지 않았을까?

이에 대한 답은 의외로 찾기 쉬운 곳에 있었다.

유건은 그 스스로가 느끼기에도 더 블랙 그자의 힘과 비등하거나 이를 넘어설 정도로 자라난 혼돈의 힘이 자신의 내부에서 꿈틀대고 있음에도 불구하고 더 블랙이 불안해하거나 조급해 하지 않았다는 사실에 집중했다.

'나는 충분히 강한 억제력이 될 수 있다.'

쉽게 말하면 제 아무리 혼돈의 힘이 날뛴다고 하더라도 이를 충분히 견뎌낼 만큼 그 스스로가 강하다는 결론이 내려졌다.

망설임이 사라지고, 굳은 결의가 그 자리를 대신했다.

유건의 몸에서 피어오른 검은 날개가 지금까지와 달리 마음껏 자신의 힘을 과시했다.

미증유의 힘이 몸 전체에서 솟구쳐 올랐다.

두근.

두근.

평소와 다르게 느껴지는 심장의 고동 소리가 그 어느 때보다 선명하게 들려왔다.

처음으로 아무런 제약 없이 끌어올린 혼돈의 힘을 그대로 담아 주먹을 내질렀다.

거대한 주먹의 형상을 한 검은 기운의 소용돌이가 두꺼운 얼음 기둥 사이에 갇혀 있는 더 블랙의 머리 위로 내리 꽂혔다.

"크윽!"

전투가 벌어진 이후 처음으로 더 블랙의 입에서 비명소리가 흘러나왔다.

어마어마한 압력.

전신을 분쇄하는 것만 같은 압도적인 파괴력에 속수무책으로 밀려나던 더 블랙의 등이 단단한 콘크리트 바닥과 맞닿았다.

콰아아아아아아아앙!

엄청난 굉음에 얼마 남지 않은 몬스터들을 몰아붙이고 있던 일급 요원들의 신형이 동시에 멈춰 섰다.

쏴아아아…

얼핏 보기에도 100여 미터는 되어 보이는 거대한 구덩이 안을 곳곳에서 터져나간 수도관에서 새어나온 물줄기가 채워나갔다.

순식간에 도심 한 가운데 작은 호수가 만들어졌다.

"끄, 끝난 건가?"

일급 요원들 중 누군가의 입이 조심스럽게 열렸다.

그러나 이를 부인하기라도 하듯이 주변을 무겁게 내리누르는 불길한 기운이 점점 그 무게를 더해갔다.

"크흑."

급기야 그 기운은 일급 요원들의 대다수가 두 다리로 버티고 서있을 수 없을 만큼 강력해졌다.

마치 강제로 무릎이 꿇려진 것 같은 형태.

얼핏 보기에는 수많은 요원들이 작은 호수를 바라보고 경배하는 것 같았다.

치이이이익!

엄청난 양의 수증기가 뿜어져 나오며 구덩이를 메우고 있던 물들이 순식간에 증발했다.

"이 얼마만이란 말인가. 이 몸에 먼지를 묻히게 된 것이…."

마치 연극 무대 위에 올라와 있는 경극 배우의 과장된 대사를 듣고 있는 것만 같았다.

그가 입고 있던 광택 나는 검은 색 턱시도가 여기 저기 찢어진 채 엉망이 되어 있었다.

온 몸의 힘을 단숨에 분출해낸 나머지 뒤이어 찾아온 지독한 탈력감에 몸을 제대로 가누지 못하고 있던 유건의 미간이 찌푸려졌다.

'아무런 타격을 받지 않은 건가?'

유건은 잘 모르고 있었지만 더 블랙 그가 입고 있는 턱시도는 중간계에서도 제법 유명한 일급 아티팩트였다.

이는 그가 제국의 귀족으로 분해 유희를 즐기던 당시 각종 암습으로부터 그를 지키기 위해 그의 아내였던 대륙 최고의 미녀 아디나가 마탑에 의뢰해 만들어낸 방어구였다.

인간들이 만들어낸 이 방어구에 유희가 끝난 이후 이를 마음에 들어 했던 그가 각종 마법들을 중첩해놓음으로서 드래곤들 사이에서도 꽤나 유명한 아티팩트로 재탄생하게 된 것이었다.

그런 방어구가 그 위에 걸어놓았던 수많은 방어 마법이 깨져 나가는 것과 동시에 걸레가 되어 버리고 말았다.

"영원히 당신을 사랑하는 아디나가"

반쯤 찢어지다가 만 소맷자락의 끝부분에 남아있
는 곱게 수놓아진 글씨를 잠시 쳐다보던 더 블랙이
차갑게 미소 지으며 이를 불태워버렸다.

"제법이구나, 정말이지 이정도 까지 해주리라고
는 생각 못했다. 인간들이여."

더 블랙 그는 정말 순순하게 감탄하고 있었다.

지금 이 순간에도 혼돈의 기운들은 그의 내부를
휘젓고 다니며 모든 장기들을 엉망으로 만들고 있
었다.

"제대로 한방 먹었군 그래. 후후후후후"

나체가 된 그가 입가로 새어나온 핏물을 닦아내
며 씁쓸하게 웃었다.

"설마 이 내가 이곳에서 내 본연의 모습을 드러내
게 될 거라고는 전혀 생각지 못했다."

그가 처음 이곳 세상에 발을 내디뎠을 당시 이곳
세상은 그의 존재 자체를 용납하지 않으려 반발했
었다.

그 반발이 어찌나 강하던지 그로서도 우습게 넘
길 수 없을 정도로 심각한 순간이 찾아왔다.

시간이 충분했다면 다른 방법을 찾았겠지만 혼돈

의 씨앗을 품고 있는 화신으로서의 그에게 주어진 시간은 결코 많지 않았다.

고민은 잠시, 세상의 반발을 넘기기 위해 그는 자신의 존재를 수백조각으로 분리해 가장 큰 하나의 조각만을 남긴 채 전 세계 곳곳으로 흩어버렸다.

유일하게 남은 조각 하나가 그의 의지를 담아냈다.

그의 위대한 정신을, 그 의지를 담아내기에 그 조각은 너무나 작았다.

그렇기에 그는 스스로 자신의 힘을 제한할 수밖에 없었다.

가드의 수뇌부들이 해답을 찾지 못했던 더 블랙의 소극적인 행보는 바로 이러한 이유 때문이었다.

파리한 안색, 곧 죽어갈 것 같이 보이는 더 블랙이 하늘을 향해 손을 들어올렸다.

"뭐, 뭐지?"

그 순간 유건은 사방에서 몰려드는 수많은 더 블랙을 느끼며 몹시 당황했다.

그 하나하나의 기운에서 눈앞에 서있는 더 블랙의 그것과 똑같은 기운이 느껴졌기 때문이었다.

"막아야 돼!"

하루나의 다급한 외침에 유건이 황급히 정신을

차렸다.

유건이 더 블랙이 서있는 곳을 흘깃 쳐다보았다. 얼핏 보기에도 단단해 보이는 투명한 보호막이 수십 겹으로 중첩되어 그를 보호하고 있었다.

고개를 돌린 유건이 비교적 강한 기운들이 몰려오고 있는 방향을 향해 몸을 날렸다.

하루나가 다양한 통신 방법과 텔레파시 이능력자들을 총동원해 몰려오고 있는 기운들을 막아야 한다는 사실을 전했다.

이러한 소식을 접한 각종 이능력자들과 단체가 그 기운들을 파괴하기 위해 사방으로 퍼져나갔다.

어떤 것은 파괴되고 어떤 것은 놓쳤다.

어떤 것은 단순한 물건에 불과했지만, 개중 어떤 것은 그 형체조차 불분명했다.

코피를 흘려가며 수많은 이들에게 정신감응으로 막아야 한다는 사실을 전하던 하루나가 바닥에 주저앉은 채로 가쁜 숨을 내쉬었다.

"헉헉헉헉, 막아야 할 것들의 수가 너무 많아."

각 나라에서 신성한 무언가로 숭배되고 있던 것들부터 보석의 형태로 비밀 금고에 보관되고 있던 것들까지.

그 모양과 종류는 무척이나 다양했다.

심지어는 각 대륙에서 가장 악명을 떨치던 고위급 몬스터들마저 엄청난 무리를 대동 한 채로 유건 일행들이 있는 곳을 향해 달려갔다.

"크흐흐흐흐, 오라 나의 파편들이여!"

· ♦ ·

더 블랙은 자신에게 향하고 있던 힘의 일부가 소실되는 것을 느꼈다.

그러나 그 정도는 충분히 예상가능 한 범위에 해당됐다.

빛살과 같은 속도로 가장 앞서 다가오던 무언가가 더 블랙을 에워싸고 있던 보호막을 지나 그의 몸으로 흡수됐다.

"하아…."

그 순간 더 블랙의 여인의 그것과도 같은 짙은 속눈썹이 파르르 떨리며 깊은 한숨이 흘러나왔다.

이를 시작으로 사방에서 엄청난 숫자의 빛줄기가 더 블랙을 향해 날아들었다.

"마, 막아야…해."

과도한 능력 사용으로 인해 제대로 서지도 못하

적응자6

는 하루나가 안타까운 얼굴로 하늘을 가르는 빛줄기를 바라보았다.

마치 유성우처럼 쉬지 않고 이어지던 빛줄기가 더 블랙의 몸에 흡수되면 될수록 그의 존재감이 이전과 비교할 수 없을 만큼 커져갔다.

개중 가장 큰 힘을 발하는 존재감을 향해 날아간 유건이 거대한 날개를 펄럭이며 다가오고 있는 몬스터를 바라보았다.

녀석의 정체는 유라시아 대륙의 북부를 장악하고 있던 S급 몬스터, 코드네임 하늘의 재앙, 북부의 마왕 이카루스였다.

녀석의 진정한 정체가 비로소 만 천하에 드러나게 된 순간이었다.

'웃어?'

날아오던 그 비행형 몬스터가 유건을 발견하더니 마치 인간의 그것처럼 날카로운 이를 드러내며 웃고 있었다.

꺄아아악!

가일층 속도를 내기 위해 날개를 펄럭이는 놈의 주변으로 거대한 마력장이 펼쳐졌다.

"놓치지 않는다!"

지금껏 그를 스쳐간 수많은 기운들과 비교할 수

없을 정도로 큰 기운이 녀석의 내부에서 꿈틀대고 있었다.

조금 전까지 상대하고 있던 더 블랙의 존재감과 비교해 봐도 손색이 없을 정도로 큰 기운이었다.

유건은 그 짧은 순간, 자신이 할 수 있는 가장 효율적인 대응방법을 찾아내 움직인 것이었다.

그는 애초에 모든 기운들을 막아낼 수 없다는 것을 알아차렸다.

그리고 자신이 막아야 할 기운들 중 가장 커다란 존재감을 자랑하는 기운이 느껴지는 곳으로 몸을 날렸다.

얼핏 보기에도 더 블랙을 에워싸고 있는 보호막은 쉽사리 부술 수 있는 것이 아니었기 때문이었다.

유건의 손에 들려있던 신창 롱기누스가 가늘게 몸을 떨었다.

이를 강하게 움켜쥔 유건이 창대 안으로 혼돈의 기운을 불어넣었다.

기존과 다른 힘의 운용.

마치 자신의 모든 힘을 쏟아 붓기라도 하듯이 쉴 새 없이 힘을 불어넣는 유건이었다.

'그, 그만해라, 그러다가는 너까지 위험해진다!'

신창 롱기누스가 유건의 머릿속으로 자신의 뜻을
전달했다.

당장이라도 튕겨져 나갈 것처럼 펄떡 거리는 신
창 롱기누스가 전투 중 유건에게 자신의 의사를 건
네는 것은 이번이 처음.

그의 말처럼 유건의 안색이 파리하게 변했다.

핏기 하나 없이 창백한 얼굴.

몸 안에서 꿈틀대는 거대한 기운을 모조리 창대
에 밀어 넣은 유건이 팔을 뒤로 젖혔다.

그리고는 앞에서 날아드는 거대한 크기의 몬스터
를 향해 창을 던졌다.

쇄애애액!

거대한 크기를 자랑하는 몬스터에 비해 무척이나
초라하게 느껴지는 검은 빛줄기가 공기를 가르며
뻗어나갔다.

"크오오오오오!"

위기감을 느낀 몬스터가 한차례 울부짖자 전면으
로 거대한 방어막이 생겨났다.

하나, 둘, 셋…

총 일곱 겹의 보호막이 전면에 생겨나자 비로소

안심한 듯 속도를 올리는 녀석이었다.

'일곱이란 숫자에 집착이라도 하는 거냐?'

조금 전 더 블랙도 그렇고, 지금 이 녀석도 그렇고, 보호막을 일곱 겹으로 하는걸 보니 무슨 이유가 있는 건가 싶었다.

그 순간, 유건이 날려 보낸 신창 롱기누스가 녀석의 보호막에 닿았다.

쩌엉!

순식간에 세 개의 보호막이 깨져나갔다.

넷, 다섯…

점차 신창 롱기누스를 감싸고 있던 검은 기운이 작아지는 게 느껴졌다. 더불어 속도까지 조금씩 느려졌다.

급기야 마지막 일곱 번째 보호막을 반쯤 뚫다가 멈춰버렸다.

유건의 미간이 찌푸려지고, 상대방이 이를 드러내며 미소를 드러낼 때 즈음.

신창 롱기누스에서 엄청난 크기의 불꽃이 피어올랐다.

"가라!"

유건이 미리 이프리트를 신창 롱기누스에게로 옮겨 놓았던 것이었다.

이글거리며 피어오른 열기가 마지막 보호막마저 녹여냈다.

그리고 그렇게 자유를 얻게 된 신창 롱기누스가 마지막 힘을 다해 녀석의 몸을 꿰뚫었다.

무엇이라도 튕겨낼 법한 거대한 비늘이 단숨에 박살나며 신창 롱기누스가 상대의 몸 안으로 파고들었다.

"!!!!"

거대한 녀석의 눈이 튀어나올 듯 부릅떠졌다.

녀석이 유라시아 대륙의 북부를 휩쓸고 다니며 공포의 대명사로 군림할 수 있었던 데에는 그 어떤 물리적, 마법적 공격이라도 차단해내는 단단한 외피가 있었기 때문이었다.

그가 이 땅에 처음 모습을 드러낸 이후 처음으로 느끼게 된 격통이 온 몸으로 퍼져나갔다.

내부로 파고든 롱기누스의 창으로부터 사방으로 뻗어나간 혼돈의 기운이 게걸스럽게 더 블랙의 근원이 되는 힘 그 자체를 먹어치웠다.

"캬아아아아악!"

괴로움에 몸부림치던 녀석이 어느 순간 동작이 멈추는가 싶더니 그대로 바닥을 향해 떨어져 내렸다.

쿠우웅!

거대한 흙먼지를 피워 올리며 바닥에 처박힌 녀석이 연신 고개를 흔들어대며 괴로움에 몸부림 쳤지만, 잠시 후 잠잠해졌다.

창백하던 조금 전에 비해 얼굴에 혈색이 돌아온 유건이 손을 뻗자 신창 롱기누스가 되돌아왔다.

잠시 후, 녀석의 거대한 몸체에 불이 붙었다. 이프리트의 홍염이 순식간에 놈의 사체를 불살랐다.

그 순간 자신의 몸 안으로 유입되는 힘에 만족스러운 미소를 그리고 있던 더 블랙의 미간이 미미하게 찌푸려졌다.

'제법이군.'

제대로 된 의지를 부여받지 못한 존재의 잔재였기에, 허무하게 소멸당하고 만 것이었다.

유건의 탁월한 선택 덕분에 더 블랙은 그가 본래 회복해야 했을 힘의 삼분의 일 가량을 잃어야만 했다.

유건은 탈진했던 몸에 다시금 힘이 차오르는 것을 느끼며 실소를 머금었다.

푸들거리며 떨리던 손아귀에 점차 힘이 돌아왔다.

꾸욱!

힘주어 주먹을 쥔 그가 고개를 들어 저 멀리 보이

는 더 블랙을 바라보았다.

그 순간에도 쉬지 않고 사방에서 몰려드는 빛줄기가 그의 몸 안으로 흡수되고 있었다.

이를 바라보고 있던 유건이 무언가 이상함을 느끼고 자신의 몸 내부를 관조했다.

'응?'

몸 안에 차오르던 힘이 유건이 예상하던 범위를 훨씬 넘어선 뒤에도 계속해서 차올랐다.

마치 힘을 담는 그릇의 크기가 더 커진 것 같은 느낌이었다.

'한계를 넘어선 건가?'

조금 전 유건은 거대한 더 블랙의 존재의 파편을 막아내기 위해 말 그대로 전력을 다 쏟아야만 했다.

공격의 기회는 단 한번!

그렇기에 그는 뒤를 돌아볼 생각을 하지 않고 전력을 다할 수 있었다.

그 덕분에 전혀 예상하지 못했던 성장의 기회를 얻게 된 것이었다.

계속해서 차오르기 시작한 힘의 크기가 이전의 두 배 이상을 훌쩍 넘어섰다.

온 몸에서 무엇이든지 할 수 있을 것만 같은 거대한 힘의 소용돌이가 느껴졌다.

도저히 막아낼 수 없을 것처럼 느껴지던 더 블랙의 존재감도 조금 전과 같이 그에게 부담감을 주지 않았다.

'충분히 감당할 수 있다.'

유건은 여전히 계속해서 차오르고 있는 힘의 여운을 만끽하며 고개를 들어 더 블랙을 바라보았다.

그의 등 뒤에서 찬란하게 빛나는 스물 네 장의 날개가 뻗어 나왔다.

그중 열둘은 이전과 같은 혼돈의 검은 빛을 띠고 있었고, 나머지 열둘은 투명하면서도 보기만 해도 마음이 따뜻해지는 은은한 빛을 내뿜고 있었다.

그 기운은 성희의 보호막에서 느껴지던 그것과 매우 흡사했다.

'네가 나를 도운거구나.'

일전에 그녀와 하나가 되었을 때 느꼈던 그 기운이 그의 내부에서 자리 잡고 있었다. 이전과 달리 매우 선명하게 느껴지는 그 기운이 마치 그를 보호하기라도 하듯이 혼돈의 기운을 둘러싼 채 통제 하고 있었다.

혼돈의 기운에 먹히지 않을까 하는 고민 때문에 마음 놓고 힘을 쓰지 못했던 예전과 달리 이제는 있는 힘껏 힘을 사용해도 될 것 같았다.

혼돈과 안정.

파괴와 보호.

이 상반된 두 가지 속성이 한 몸에 자리 잡았다.

유건의 몸이 천천히 공중으로 떠올랐다.

그 순간, 마지막으로 날아든 존재의 파편을 흡수한 더 블랙이 눈을 떴다.

"후우… 오래 기다리게 했구나."

"아니, 그렇게 지루하진 않았어, 덕분에…."

"호오, 네게도 무언가 변화가 일어난 모양이구나."

"적당히 네 녀석 상대를 해줄 정도?"

"크큭, 역시 인간은 재미있단 말이지. 이 나를 앞에 두고 그런 말을 할 수 있는 걸 보면."

그의 몸 주변에 아지랑이가 피어오르는 것처럼 대기가 일그러지기 시작했다.

그 강력한 존재감에 주변에서 이를 지켜보고 있던 일급 요원들이 괴로운 신음을 흘려댔다.

남아있던 몬스터들은 가랑이 사이로 머리를 처박은 채 두려움에 온 몸을 떨어댔다.

"흥!"

자신을 옭아매는 거대한 기류를 유건이 가볍게 날개를 흔들어 흩어버렸다.

"호오~"

드래곤은 이런 식으로 존재감을 사방으로 뿌려 자신과 나란히 설 수 있는 자와 그렇지 못한 자를 구별해 냈다.

그것이 바로 드래곤 피어(Dragon fear)라고 알려진, 존재감을 통한 힘의 사역.

이를 견뎌낼 수 있는 자라야 비로소 그 위대한 존재인 드래곤 앞에 설 수 있는 자격을 부여받게 된다.

유건은 이러한 존재감을 가볍게 튕겨냄으로서 그 스스로 자격 있음을 증명해 낸 것이었다.

#24. 대적자(大敵子)

NEO MODERN FANTASY STORY

적응자

#24. 대적자(大敵子)

유건이 들고 있는 신창 롱기누스를 흘깃 쳐다본
더 블랙이 가볍게 웃으며 무언가를 소환했다.

조금 전까지 사용하던 검과는 차원이 다른 진정
한 용족들만의 무구.

자연의 품으로 돌아가기 직전의 고룡들의 사체에
서 얻어낸 드래곤 본을 짧게는 수백 년에서 길게는
천년이 넘는 시간동안 마법진을 통해 갈고 닦아 만
들어낸 희대의 무구들이 천천히 모습을 드러냈다.

제일먼저 마법의 극의를 깨달아 반신의 반열에
올랐다고 알려졌던 고룡 이카루스가 그의 생의 후
반에 장난삼아 만들었던 용검 레비아탄이 그 웅장

한 자태를 선보였다.

그에게 있어서나 장난이지 세상에 존재하는 것들 중 가장 강한 방어력을 지닌 드래곤의 비늘을 우습게 뚫어버리는 것이 바로 그 검이었다.

문제는 그게 인간의 손에 들린 채 동족을 사냥하는 드래곤 슬레이어로서 유명세를 탔다는 것이었다.

그 검을 우습게보고 인간들을 상대하던 드래곤 롬비아가 허망하게 목숨을 잃고 난 뒤, 비로소 그 검의 진가가 널리 알려지기 시작했다.

아이러니 하게도 그 검이 인간의 손에 들린 것은 여성으로 변해 유희를 나갔던 이카루스가 인간 용사에게 구애의 선물로 건넸기 때문이었다.

오랜 시간이 흐른 뒤, 최종적으로 그 검을 얻게 된 것은 당시 유희를 즐기기 위해 용사로 분해 대륙을 통일하기 위해 애쓰고 있던 블랙 드래곤 바하무트였다.

용검 레비아탄은 기본적인 강도도 강도지만 그 예리한 절삭력과 더불어 몸체에 빼곡하게 새겨진 용언 마법으로 인해, 어지간한 군대는 홀로 상대할 수 있을 정도의 무력을 사용자에게 선사해준다.

그 비결은 드래곤 본 내부에 심어놓은 작은 조각

의 드래곤 하트에 있었다.

불의의 사고로 인해 간혹 젊은 드래곤들이 몇 백 년을 채 살아내지도 못한 채 죽게 되는 경우가 있었는데, 고룡 이카루스가 이때 얻은 드래곤 하트를 가공해서 자신이 만든 무구를 희대의 아티팩트로 만들어버린 것이었다.

특유의 새하얀 검신을 드러낸 채 위용을 뽐내고 있던 검을 천천히 들어 올린 더 블랙이 만족한 듯 웃으며 유건을 쳐다보았다.

"신을 죽였다고 알려진 창과 드래곤을 사냥하는 것으로 유명해진 검의 대결이라… 무척 흥미롭구나."

검에서 느껴지는 막대한 힘의 파장으로 인해 내심 긴장하고 있던 유건이 걱정하지 말라는 듯 가늘게 몸을 떨어대는 신창 롱기누스를 바라보며 피식 웃었다.

'격려해주는 거냐?'

더 블랙의 말처럼 그의 손에 들린 것은 신을 죽였다고 알려진 희대의 무구.

상대가 꺼내든 얼핏 보기에도 범상치 않아 보이는 검에 밀릴 것이 전혀 없었다.

창을 들어 그 끝으로 더 블랙을 겨누었다.

"먼저, 오겠는가?"

"사양 않고 가지."

유건의 등 뒤에 펼쳐진 스물 네 장의 날개가 공중임에도 불구하고 아무런 제약 없는 움직임을 가능하게 해주었다.

파앙!

공기가 터져나가는 소리와 함께 유건의 신형이 더 블랙을 향해 폭사했다.

일점집중의 지르기.

창의 장점을 살린 공격이 더 블랙의 가슴을 향해 짓쳐들었다.

쩌엉!

강렬한 충돌음과 함께 유건의 지르기가 중간에 막혔다.

놀랍게도 더 블랙이 검을 마주 찔러 그 끝으로 유건의 창을 막아낸 것이었다.

눈으로 보고 있으면서도 믿기 힘든 신기.

창끝과 검첨이 한 치의 오차도 없이 마주친 채 팽팽하게 균형을 이루고 있었다.

"인간들 중 극히 소수만이 자신만의 무예를 오랜 시간에 걸쳐서 갈고 닦아 달인의 경지에 오르지. 하지만 인간에게 주어진 시간은 애초부터 유한한 것.

그 한계는 분명하다."

창끝에서부터 시작해서 밀려드는 거대한 마력을 밀어내기 위해 힘을 쓰는 유건의 이마에 핏줄이 도드라졌다.

그에 반해 여유가 넘치는 더 블랙이 계속해서 말을 이어나갔다.

"그러한 시간적인 한계가 없다면 어떨까? 과연 인간이 만들어낸 무예를 갈고 닦는 다면 어느 수준까지 강해질 수 있을까? 궁금하지 않나?"

"너는 싸움을 주둥이로 하나보지?"

"홋, 그런 유치한 도발은 참으로 오랜만에 겪어보는 군."

스파앗!

순식간에 빗겨나간 서로의 무기가 상대의 급소를 노린 채 현란한 변화를 선보였다.

"보여주지! 인간이 이루고 싶어 했던, 그 무(武)의 극의(極意)를!"

유건의 머리 위로 순식간에 이동한 더 블랙이 강하게 검을 내리그었다.

까앙!

창대를 들어 이를 막아낸 유건이 검에 실린 막대한 거력에 떠밀려 밑으로 곤두박질 쳤다.

투우웅!

흙먼지를 일으키며 바닥으로 내려선 유건이 곧바로 뒤로 몸을 날렸다.

쿠아앙!

곧이어 쏜살같이 내리 꽂힌 더 블랙의 칼날이 자루만 보일 정도로 깊숙이 바닥을 뚫고 들어갔다.

마치 두부를 자른 것처럼 부드럽게 빠져나온 칼날에는 먼지 한 톨 묻어있지 않았다.

그 틈을 타 강하게 진각을 밟은 유건이 맹렬하게 소용돌이치는 창을 더 블랙을 향해 찔러 넣었다.

여느 창의 고수들과 비교해 봐도 손색이 없을 만큼 쾌속한 일격이었다. 부족한 점은 힘으로 보완했다.

반면 그런 유건의 일격을 칼등으로 흘려보내는 더 블랙의 움직임에는 무의 극의를 깨달은 이에 걸맞은 유려함이 잔뜩 묻어났다.

가가각.

창대와 스쳐지나가는 검에서 불꽃이 튀었다.

창대를 따라 몸을 날린 유건의 발이 그런 더 블랙의 목을 노리고 채찍처럼 휘어져 날아갔다.

쇄애액.

바람을 가르는 매서운 소리와 함께 날아든 발차

기를 가볍게 피해낸 더 블랙이 몸을 휘돌리며 뒤차
기를 날렸다.

"크윽!"

몸통을 그대로 꿰뚫어 버리기라도 할 것처럼 매
섭게 날아든 상대의 발꿈치가 유건의 명치를 파고
들었다.

그대로 뒤로 튕겨진 유건이 바닥을 스치듯 미끄
러지며 한참을 밀려났다.

"고작 그 정도인가?"

"으득, 아직 멀었다고!"

실망했다는 기색을 물씬 풍기는 더 블랙을 향해
유건이 조금 전에 비해 배는 더 빠른 속도로 쇄도했
다.

유건은 몇 번의 교전을 통해 그의 말대로 자신의
무에 대한 숙련도가 상대에 비해 한없이 부족하다
는 것을 깨달았다. 그러나 지금 없는 것이 갑자기
생겨날 수는 없었다.

없는 것에 대해 아쉬워하기보다 지금 자신에게
주어진 것을 잘 활용하는 방법에 집중한다!

그것이 지난 시간동안 철환을 통해 세뇌되다 시
피 머릿속에 각인된 가르침이었다.

'내게 있는 것은?'

그의 내부에서 꿈틀대고 있는 것은 이전에 비해 몇 배는 커진 혼돈의 힘이었다.

성희의 도움 덕분에 훨씬 안정적으로 자리 잡은 이 힘이 그가 지닌 최대의 무기였다.

'숙련도가 부족하다면, 나머지는 힘으로 메운다!'

의지를 다진 유건이 좀 더 적극적으로 공세에 나섰다.

바닥을 디디는 발에 진중함이 더해졌다. 내뻗는 손에 혼돈의 힘이 물들었다.

강렬한 힘의 소용돌이가 창대를 주위를 맴돌았다.

자신의 공격이 얼마나 효과가 있는지는 어느 순간부터 입가에 맺혀있던 미소가 사라진 상대의 모습을 통해 확인할 수 있었다.

바람에 한들거리는 버들잎처럼 유려하던 더 블랙의 움직임이 점차 간결해지고 빨라졌다.

그리고 미처 피해내지 못해 검으로 빗겨내는 공격의 빈도가 점차 높아져갔다.

반면에 유건의 공격은 점차 단순해지고, 움직임에 있어서 군더더기가 사라지기 시작했다.

더없이 정직한 일격들.

그러나 그 안에 담긴 혼돈의 힘은 이를 막아내는 상대에게 조금의 여유도 허락하지 않았다.

스치기만 해도 온 몸을 뒤흔들 정도로 파괴적인 힘.

결국 두 사람의 뻗어낸 일격이 공중에서 충돌했다.

드래곤 하트에 의해 증폭된 파괴력이 창대를 쪼개내기라도 할 것처럼 휘몰아치자, 창대를 에워싼 채 소용돌이 치고 있던 혼돈의 힘이 이를 드러냈다.

소리 없는 전쟁.

두 거대한 힘의 충돌에 따른 여파로 인해 사방으로 광풍이 휘몰아쳤다.

이미 대부분의 몬스터들과 일급요원들을 저만치 물러나있는 상태였다.

두 사람이 격돌하는 가운데 발생하는 가벼운 휘두름 하나하나가 주변에 막대한 영향력을 미치고 있었기 때문이었다.

어느덧 저만치 다가온 중요 병력들도 그 엄청난 힘의 격돌에 혀를 내두르며 멀찌감치 멈춰 서서 진지를 구축하기 시작했다.

각종 포대와 대 몬스터 전용 무기들이 자리를 잡아갔다.

전 세계에서 몰려든 각종 이능력자들과 대 몬스터 전용 군 부대원들이 점차 넓게 퍼져가며 두 사람이 격돌하고 있는 곳을 원형으로 둘러쌌다.

자연스럽게 그들과 합류하게 된 하루나 일행들이 각 진영의 대표자들을 만나 차후 일정에 대해 논의하기 시작했다.

콰아아아앙!

엄청난 굉음과 함께 거대한 그 힘의 여파가 임시로 지어진 지휘부 막사를 뒤흔들었다.

"휘유~ 정말 어마어마하군요."

중국을 위시한 아시아의 이능력자들을 대표해서 자리한 거대한 체구의 사내가 휘파람을 불어가며 고개를 내저었다.

얼핏 보면 고대의 장수가 현신한 것 같은 이질적인 그의 외모와 걸걸한 목소리에 주변 사람들이 어색한 눈빛을 서로 주고받았다.

각국의 대 몬스터전을 대비해서 파견된 군인들의 대표는 특이하게도 대한민국의 북쪽 방벽을 맡아서 오랜 시간 몬스터들과 사투를 벌여왔던 박창선 소장이 맡았다.

그의 조용하면서도 강한 행보는 이미 오래전부터 군인들 사이에서 회자되고 있었다.

유럽 쪽의 이능력자들은 대부분 하루나 일행을 위시한 일급요원들의 전투에 매료되어 그들의 명령을 따르기로 합의를 본 상태였다.

실제로 지금도 전 세계에서 몰려드는 몬스터들을 막아내기 위한 전투가 사방에서 벌어지고 있었다. 그 중심에 바로 그들이 있었다.

"저희의 역할은 첫 번째, 유건 그가 더 블랙 그자와의 싸움에 전념할 수 있도록 방벽을 친 채로 몰려드는 몬스터들을 막아내는 것입니다."

쿠쿠쿠쿵!

그녀의 말이 끝나기 무섭게 대지를 뒤흔드는 충격이 밀려들었다.

그 여파로 인해 막사 내부를 채우고 있던 각종 의자와 탁자들이 뒤집어졌다.

그녀의 말에 모든 이들의 고개가 끄덕여졌다.

"두 번째는 그를 도울 소수의 정예를 추려 전장으로 파견하는 것입니다."

"저곳으로 말입니까?"

박창선 소장이 특유의 묵직한 저음으로 물었다.

그의 물음에 주변에 있던 각종 이능력자들의 고

개가 저절로 끄덕여졌다.

제 아무리 각 나라에서 강한 힘을 자랑하는 이들이 몰려왔다고는 하지만 두 존재가 벌이고 있는 싸움의 여파조차 제대로 감당할 자신이 없었기 때문이었다.

"저희의 역할은 아주 작은 기회를 만들어내는 것입니다. 사실 저희에게는 더 블랙 그자에게 막대한 타격을 가할 만한 능력은 없죠."

"씁쓸하군요."

누군가의 말에 모두가 혀를 차며 안타까워했다.

"하지만, 여기 있는 성희 요원의 힘을 빌린다면 저 격전의 현장에서도 저희는 나름대로의 작전을 할 수 있는 기회를 얻을 수 있습니다."

"아! 성희 요원이라면?"

각자가 지닌 정보망을 통해 유건을 위시한 하루나 일행들에 대한 각종 정보는 쉬지 않고 수집하고 있었다.

그렇기에 성희가 지닌 독특하면서도 탁월한 이능에 대해서는 그들도 어느 정도는 파악하고 있는 상태였다.

"그녀가 정예 요원들을 보호하는 역할을 하고 나머지는 기회를 틈타 유건을 지원하는 역할을 하게

268

될 겁니다."

"그게 가능하겠습니까?"

"물론입니다. 먼저 소개하자면 이쪽은 만일을 대비해 치료를 전담할 강지국 요원입니다. 탁월한 회복력을 지닌 유건이지만 필요한 순간이 있을 거라 생각합니다."

"오~!"

그가 한발 앞으로 나서자 그에 대한 정보를 접한 적 있는 이들의 입에서 탄성이 터져 나왔다.

"그리고 조금이지만 더 블랙을 맞아 전투를 벌인 경험이 있는 지환, 장 루이, 제임스, 그리고 저 이렇게 입니다. 추가로 함께 하길 원하시거나 추천해주실 수 있는 분들이 계시면 말씀해주십시오."

뒤이어 한발씩 나서는 요원들의 면면에 모두의 고개가 저절로 끄덕여졌다.

유건과 함께 더 블랙을 상대하기 위해 동분서주했던 그들에 대한 이야기는 이미 유명했다.

게다가 더 블랙의 마법을 통해 그들의 활약상이 모든 인류의 뇌리에 선명하게 그려지지 않았던가?

조금 전의 전투로 인해 입었던 상처는 강지국의 능력으로 모두 회복된 상태였다.

그러나 그중에서도 마지막 일격을 날릴 기회를 만들기 위해 무리했던 제임스와 지환의 행색은 아직 충분히 회복되지 않은 것 같았다.

그럼에도 불구하고 그들의 눈빛은 굳은 의지를 뿜어내고 있었다.

'할 수 있다!'

막연한 두려움으로 인해 더 블랙과의 대전 전부터 패배를 직감하고 있던 그들의 뇌리에 새겨진 네 글자였다.

직접 대면한 더 블랙은 그들이 두려움에 떨만큼 충분히 대단한 존재였다.

그러나 아주 상대하지 못할 만큼 실력 차가 심하지도 않아보였다.

그렇기에 유건을 대신해서 시간을 벌어줄 수 있었던 터.

지금 존재의 파편들을 흡수한 진정한 의미의 더 블랙은 분명 어마어마하게 두려운 능력을 갖추고 있겠지만, 그럼에도 불구하고 그들은 할 수 있다는 일말의 가능성을 지닐 수 있게 되었다.

작지만 큰 변화.

그들 모두의 눈빛에 결연한 의지가 서리기 시작했다.

서걱.

위에서 아래로 내리긋는 참격에 유건의 날개가 통째로 잘려나갔다.

급하게 몸을 보호하기 위해 날개로 몸을 덮었지만, 대신 날개가 잘려나간 것이었다.

"크윽."

마치 몸 어딘가가 떨어져 나간 것 같은 화끈한 통증이 밀려왔다.

곧바로 이를 회복하려던 혼돈의 힘이 무언가에 가로막히기라도 한 듯 갈피를 찾지 못한 채 몸 안에서 맴돌았다.

처음 겪는 현상.

당황하고 있는 유건의 귓가에 더 블랙의 차가운 목소리가 들려왔다.

"당황스러운가?"

"……"

말없이 그를 쳐다보는 유건을 바라보며 그가 말을 이었다.

"과거, 천족들과 전쟁을 벌이던 당시 우리를 가장 힘들게 했던 건 놈들의 무지막지한 회복능력이었다. 그 때문에 금방 끝날 전투가 수백 년이 넘게 이어졌지."

그가 손에 들고 있던 용검 레비아탄을 가볍게 쓸어내렸다.

"그때 발견해 낸 것이 바로 네 몸 안에서 요동치고 있던 혼돈의 힘이다."

"······!"

처음으로 듣게 되는 자신의 힘에 대한 이야기였기에 뭐라 반박하려던 유건이 입을 굳게 다물었다.

"하지만, 제어할 수 없는 힘은 그 자체로 큰 위협이었기에 우리는 먼저 그 힘을 통제할 수 있는 방법을 찾아내야만 했다. 그 결과물이 지금 네 녀석이 겪은 현상이지 크크큭, 천족의 피를 이용해 혼돈에 질서를 부여한다라··· 이 얼마나 놀라운 발상의 전환이란 말인가. 가끔은 말이지, 나조차도 선조들의 지혜에 놀라게 된다니까."

"천족의 피?"

"그래, 이 용검 레비아탄은 처음 만들어질 때 천족의 피를 엄청나게 먹어치운 녀석이거든. 게다가 그 이후에 벌어진 전투에서는 만들어질 때와는 비교조차 할 수 없을 정도로 많은 이들의 목을 베고 그 피를 마셨지. 이 검의 또 다른 이름이 뭔지 아는가?"

"뭔데?"

왠지 모를 불안함이 유건의 몸을 서서히 잠식했다.

검에서 뻗어 나온 작은 빛줄기들이 유건의 몸 주변을 부드럽게 에워쌌다.

그러자 점차 혼돈의 힘이 주춤거리는가 싶더니 날개가 그 끝에서부터 조금씩 사그라졌다.

"질서의 부여자라네. 그 혼돈의 힘을 통제할 수 있는 몇 안 되는 무구들 중 하나지. 이게 내 수중에 없었다면, 아마도 나는 이곳 세계로 넘어올 생각을 하지 않았을 거다. 통제 할 수 없는 힘이란, 차라리 없는 게 나으니까."

"……."

"이제 자신이 처한 상황에 대해 제대로 알게 됐나 보군 그래."

이제는 흔적조차 남지 않은 날개 주변으로 조금 전에 비해 배는 더 밝아진 빛줄기들이 부유하고 있었다.

잔뜩 인상을 구긴 채 말없이 자신을 노려보고 있는 유건을 바라보며 더 블랙이 환한 미소를 지었다.

그의 말대로 자신의 몸속에서 여전히 맹렬하게 소용돌이 치고 있는 이 혼돈의 힘이 통제가 가능한 것일까?

이 안에 질서를 부여한다는 것이 정말 가능할까?

유건의 뇌리에 떠오른 작은 의문은 점차 그 크기를 불려나갔다.

태어나기 전부터 혼돈의 힘을 사용할 그릇으로 택함 받아 그 힘이 자라나는 것과 함께 성장했던 그였기에 느낄 수 있는 것이 있었다.

'이 힘은 통제가 불가능하다.'

그런 혼돈의 힘이 지금 자신의 몸 안에서 어느 정도 안정을 찾을 수 있었던 이유는 오직 성희가 자각한 특별한 이능의 보조 덕분이었다.

거기에 더해 오랜 시간 혼돈의 힘과 함께 했던 유건이 그 특질을 정확하게 파악하고 이를 효과적으로 통제할 수 있었기 때문에 가능한 일이었다.

그런데 이를 통제하는 것도 모자라 질서를 부여해 그 힘을 상쇄시켰다?

피식.

그의 입가에 미소가 지어졌다.

저절로 웃음이 새어나왔다.

저 오만한 드래곤들이었기에 자신들의 결과물에 대해 추호의 의심조차 하지 않았겠지.

그를 바라보고 있던 유건의 인상이 풀렸다. 그리고 그와 비슷한 미소가 유건의 얼굴에도 맺혔다.

"정말 이 힘을 통제할 수 있을 거라 생각했나?"

"응?"

"아마도 너희 도마뱀 새끼들은 극히 적은 혼돈의 힘을 사용하고, 이를 통제하는데 성공한 뒤에나 자축 했을 거다. 자신들의 오만함이 낳은 실수를 돌아볼 생각조차 하지 않았겠지. 너희들은 완전한 종족이라 스스로를 높이는 족속이니까. 하. 지. 만! 너희가 실수 한 게 하나 있어, 그게 뭔 줄 아나?"

유건의 말이 이어질수록 더 블랙의 환하던 얼굴에서 표정이 점차 사라져갔다.

"이 힘은, 그 어떤 존재도 통제 할 수 없는 힘이라는 거야. 그 존재가 설사 신이라 할지라도!"

그의 손아귀에서 맹렬하게 소용돌이치던 혼돈의 힘이 거대한 회오리를 만들어내며 유건의 몸 주변을 휘돌았다.

그를 에워싸고 있던 빛 무리들이 사방으로 터져나갔다.

이를 바라보고 있던 더 블랙의 눈이 부릅떠졌다.

유건의 등 뒤에서 잘려나간 날개가 다시금 솟아났기 때문이었다.

"이, 이게 무슨! 마, 말도 안 돼!"

"그것보다 도마뱀 새끼들이 말 하는 것 자체가 말이 안 되는 거라고! 차아압!"

유건이 두 개로 나뉜 혼돈의 소용돌이를 양 팔에 두른 채 경악하고 있는 더 블랙을 향해 날아갔다.

· ▾ ·

언제나 여유가 가득했던 더 블랙의 눈에 경악의 빛이 가득했다.

믿을 수 없는 현실.

그러나 분명 눈앞에서 자신을 향해 날아오고 있는 상대는 혼돈의 힘을 몸에 두르고 있었다.

이전보다 한 층 더 강력해진 힘.

나날이 힘이 증폭되어 종국에는 세상 그 자체를 소멸 시킬 수 있는 힘.

충분히 제어할 수 있을 거라 믿어왔고, 한 점 의심조차 없었던 그였기에 꽤나 충격이 컸다.

만물의 조율자요, 지혜의 근원이라 칭함 받아온 그에게 있어서 작금의 현실은 도저히 믿을 수 없는 것이었다.

실제로 전해져 오는 기록에 의해 그는 혼돈의 힘이 제어되는 상황을 지켜볼 수 있었다.

단 한번도!

그 힘을 제어하는데 실패한 적은 없었다.

그랬기에 혼돈의 씨앗을 처음 발견했을 당시, 이 어마어마한 계획을 시작할 수 있었던 것이었다.

통제가 불가능한 힘은 그 자체가 재앙임을…

그라고 해서 모를 리가 없었다.

그렇기에 더 블랙, 블랙 드래곤 바하무트는 이 용 검 레비아탄을 이용해 혼돈의 힘을 제어한 뒤, 조금 씩 흡수할 예정이었다.

그러나 그 모든 계획에 있어서 절대적인 역할을 감당하는 용검 레비아탄이 혼돈에 질서를 부여하는 데 실패한 것이었다.

그렇게 그가 이 믿을 수 없는 현 상황을 이해하기 위해 고심하고 있을 때 맹렬하게 소용돌이치는 혼 돈의 힘이 파도치며 날아들었다.

그가 들고 있던 용검 레비아탄에서 주인의 위기 를 느끼고는 저절로 보호막을 발동시켰다.

공격계 마법중 가장 강력한 파괴력을 지닌 헬파 이어 마저 막아낸다고 알려진 궁극의 보호 마법이 그의 온 몸을 빈틈없이 에워쌌다.

그 투명한 보호막 위를 혼돈의 소용돌이가 두들 겼다.

혼돈은 그 자체로 파괴의 권능을 지닌 힘.

그 힘의 맹렬한 소용돌이에 강대한 보호막의 표면에 작은 실금이 가기 시작했다.

가가가가각.

마치 수천마리의 벌레들이 갉아대기라도 하는 것처럼 듣기 싫은 소음이 보호막의 표면에서 울려 퍼졌다.

그렇게 대치하고 있던 찰나의 순간, 멍하니 있던 더 블랙의 표정이 평소의 무심한 그것으로 되돌아 왔다.

제어할 수 없다면?

무(無)로 되돌리리라.

자신이 취해야 할 힘이기에 그간의 격전 가운데 알게 모르게 힘을 조절했던 더 블랙 이었다.

그의 눈빛이 일변했다.

드래곤 특유의 광포한 살기가 뭉클거리며 사방으로 퍼져나갔다.

때를 같이 해서 보호막이 뚫렸다.

맹렬하게 소용돌이치는 혼돈의 힘을 직시하던 더 블랙이 사납게 소리쳤다.

"꺼져라!"

마법의 조종이라 불리는 드래곤만이 구현해 낼 수 있는 궁극의 마법.

용언(龍言)이었다.

그 안에 담긴 것은 수천 년에 걸쳐서 갈고 닦아온 존재의 무게.

그 헤아릴 수 없는 거대한 힘이 혼돈의 힘과 함께 유건 그 자체를 저 멀리 날려버렸다.

콰아아아앙!

"커허억!"

그 궁극의 힘에 의해 유건은 마치 보이지 않는 거인에게 두들겨 맞기라도 한 것처럼 피를 토하며 날아갔다.

한참을 날아가는 그의 뒤를 따라 엄청난 숫자의 마법들이 쇄도했다.

끝이 보이지 않을 정도의 엄청난 마법의 향현.

더 블랙이 단 한마디 말도 없이 의지만으로 일으킨 놀라운 광경이었다.

반면 일격에 튕겨져 나간 유건은 정신을 제대로 차릴 수가 없었다.

유건의 평생에 단 한 번도 경험해 본적 없는 너무나도 거대한 충격에 그의 존재의 근간이 흔들렸기 때문이었다.

기껏해야 백년을 넘기지 못하고 생을 마감하는 인간에게 있어서 기본적으로 수천 년의 세월을 살아가는 드래곤의 막대한 존재감은 그 자체로도 어마어마한 폭력이었다.

그나마 성희와의 결합으로 인해 얻게 된 그녀의 이능과 혼돈의 그릇으로서 만들어지면서 한껏 강화된 그의 존재감 덕분에 버텨낼 수 있었을 만큼 강한 충격.

겨우 정신을 차린 유건의 시야에 비친 것은 그를 뒤따라 는 형형색색의 각종 마법들이었다.

"으윽…."

몸을 움직여 보려 안간힘을 써봤지만, 손가락 하나 까딱 할 수가 없었다.

그 수를 헤아릴 수 없을 만큼 방대한 양의 마법들이 유건의 몸을 유린하려던 찰나, 그의 몸에서 불꽃이 피어올랐다.

이프리트가 주인의 몸을 지키기 위해 그의 온 몸을 에워싼 채 엄청난 열기를 피워 올렸다.

유건에게 혼돈의 힘을 부여받지 못한 상태였기에, 이 불꽃은 순전히 그녀가 지닌 영혼의 힘의 발현이었다. 그렇기에 더없이 순수하고 뜨겁게 느껴졌다.

유건을 에워싼 화룡의 몸통위로 수를 셀 수 없을 만큼 많은 공격 마법들이 작렬했다.

'꺄아아아아아!'

영혼 그 자체에 가해지는 막대한 타격에 그녀가 참지 못하고 비명을 질러댔다. 그러나 그녀의 비명 소리를 들을 수 있는 것은 유건과 신창 롱기누스가 유일했다.

'그만! 그만해라! 그러다가 소멸되는 수가 있어!'

신창 롱기누스의 다급한 외침에도 불구하고 그녀는 유건을 에워싼 채 미동조차 하지 않았다.

거센 공격으로 인해 그 불길이 처음에 비해 무척이나 쇠약해졌다.

맹렬하게 타오르던 화룡의 불길이 위태롭게 남아 흔들거리고 있을 때 즈음, 끊이지 않을 것 같던 마법의 폭격이 끝이 났다.

충격에서 채 헤어나지 못해 흐릿한 유건의 눈에 엉망이 된 몸으로 자신의 얼굴을 쓰다듬는 이프리트의 모습이 언 듯 스쳐지나갔다.

화륵~!

처음과 달리 무척이나 작아진 불꽃 하나가 힘겹게 유건의 몸 안으로 자취를 감췄다.

바닥에 반쯤 처박힌 채로 공격마법을 버텨낸 유건이 힘겹게 몸을 일으켰다.

그런 그의 앞에 더 블랙이 내려섰다.

"아티팩트인가? 흥! 꽤나 헌신적이군."

그의 눈이 유건의 몸 안에서 애처롭게 떨고 있는 이프리트의 영혼을 쏘아보았다.

'아, 안 돼!'

더 블랙의 의도를 알아차린 신창 롱기누스가 의념을 모아 소리쳤다.

그러나 유건의 손에 들린 창대만 조금 흔들릴 뿐, 그로서는 어쩔 도리가 없었다.

"사라져라."

간단한 인사말처럼 가볍게 외친 더 블랙의 말이 끝나기 무섭게 위태롭게 흔들거리던 이프리트의 영혼의 불꽃이 사그라졌다.

존재 그 자체가 소멸한 것이었다.

'아, 안 돼! 으아아아악! 죽여버리겠다! 살려두지 않겠어!'

지금 당장이라도 존재의 소멸을 무릅쓴 채 힘을 구현하려고 하던 신창 롱기누스의 뇌리에 유건의 목소리가 들려왔다.

'그렇게 하면 절대 저자를 이길 수 없다 롱기누

282

스, 그녀의 복수를 하고 싶다면 나를 도와라.'

'크흑! 너, 너를 믿으마. 바, 반드시 저자에게….'

'믿어라! 반드시 그의 몸을 꿰뚫게 해줄 테니.'

유건이 천천히 몸을 일으키며 창대를 들어 더 블
랙을 겨눴다.

맹렬하게 떨어 울리는 신창 롱기누스가 그에게
힘을 보탰다. 신창 롱기누스가 가진 본연의 능력이
십분 발휘되자 자취를 감춘 것처럼 보이던 혼돈의
힘이 용솟음쳤다.

그 힘은 순식간에 손상된 유건의 몸을 회복시키
며 신창 롱기누스의 몸 안으로 폭포수처럼 밀려들
어갔다.

드드드드드드…

지축을 뒤흔드는 울림이 유건의 발치에서부터 시
작되어 저 멀리까지 퍼져나갔다.

"고작 그 따위 힘으로 이 나를 대적하겠다는 건
가? 꿇어라! 미천한 인간이여!"

또다시 구현된 용언 마법.

유건은 저절로 꿇어지는 무릎을 강하게 내리쳤
다.

'네 주인은 나다! 내 말을 들어!'

그의 외침이 통했던 것일까?

무릎을 꿇기 직전, 그의 몸이 멈춰 섰다.

"으득!"

어금니가 깨질 듯이 악다문 유건의 입가를 타고 핏물이 흘러내렸다.

"인간을 우습게 보지마라! 아아악!"

악다구니를 써가며 몸을 일으킨 유건이 진각을 밟으며 전면을 향해 찌르기를 날렸다.

서로를 견제 하고 있었기에 온전한 역량을 드러낼 수 없었던 신창 롱기누스가 처음으로 혼돈의 힘을 마음껏 흡수한 채 상대를 향해 뻗어나갔다.

"멈춰라!"

맹렬하게 뻗어나가던 창대가 더 블랙의 한마디에 그대로 덜컥 멈춰 섰다.

시간이 정지한 듯 멈춰선 창대를 쥔 유건의 팔에서 튀어나온 혈관들이 지렁이처럼 꿈틀거렸다.

여전히 막대한 혼돈의 힘이 창대 안으로 밀려들어갔다.

"흥! 미천한 것이 여전히 주제를 모르고 설쳐대는구나. 꺼져라!"

유건은 그의 말이 끝나자마자 마치 공간 자체가 자신을 밀어내는 것 같은 느낌을 받았다.

하지만, 조금 전과 같이 형편없는 모습으로 밀려나지만은 않았다.

'버틴다!'

혼돈의 힘이 유건의 몸 밖으로 새어나와 강력한 영향력을 주위에 발현했다.

자신을 밀어내기 위해 밀려드는 미지의 힘에 맞서 버티고 선 것이었다.

꿈틀.

더 블랙의 오만하던 표정이 살짝 일그러졌다. 여인처럼 곱던 그의 아미가 찌푸려졌다.

'한낱 인간에 불과한 존재가 이걸 버텨?'

용언 마법에 대항 할 수 있는 방법은 오직 한 가지.

그 스스로의 존재감을 통해 이를 버텨내야만 했다.

그렇기에 드래곤들은 각자의 존재감을 과시하기 위한 방법의 일환으로 각기 다른 용언 마법을 통해 공격과 방어를 주고받으며 서열을 정하곤 했다.

존재감은 세월이 지나감에 따라 자연스럽게 커져가는 것.

그렇기에 서열의 상위에 위치하는 드래곤들은 대부분 수 천 년을 넘게 살아온 고룡들이었다.

그러나 간혹, 특이하게 나이가 어림에도 불구하고 고룡들의 그것에 육박하는 거대한 존재감을 지니고 있는 드래곤들이 태어났다.

그들은 대부분 다음 세대의 드래곤 로드의 역할을 감당하곤 했다. 더 블랙, 블랙 드래곤인 바하무트가 바로 그런 경우에 해당했다.

그는 다음 대 드래곤 로드로서 예정된 존재였다.

그렇기에 그런 그의 용언 마법을 버텨낸 유건의 모습에 놀랄 수밖에 없었던 것이었다.

그러나 유건이 할 수 있는 것은 있는 힘을 다해 자신을 밀어내는 미지의 힘에 저항하는 것 뿐, 더 이상 앞으로 나아갈 수는 없었다.

드러난 명백한 한계.

유건의 뇌리 속에 패배할지도 모른다는 불길한 생각이 스멀스멀 피어올랐다.

그렇게 상황이 교착된 순간.

묘한 소성이 들려왔다.

피유우우우우~~

마치 거대한 피리소리와도 같은 그 소리에 고개를 돌린 더 블랙의 시야에 수를 셀 수 없이 많은 숫자의 미사일들의 모습이 들어왔다.

제일 앞서 있던 미사일이 공중에서 분해되며 수

십, 수백 개의 작은 미사일들을 쏟아냈다.

"흥! 사라져라!"

가볍게 콧방귀를 날린 더 블랙이 날아들던 수많은 미사일들을 향해 가볍게 손을 뻗어 외치자 엄청난 속도로 낙하하던 그것들이 공중에서 덜컥 멈춰 섰다.

뒤이어 엄청난 폭발이 일어났다.

그 폭발들 사이로 날아들던 수많은 후속 탄들이 연달아 폭발했다.

"쏴라! 어차피 예상했던 일! 쉴 새 없이 날려!"

전선의 가장 앞에 서서 저 멀리서 일어난 폭발을 지켜보던 박창선 소장의 격앙된 목소리가 전선 전체로 퍼져나갔다.

잠시 후, 조금 전에 비해 배는 더 많아 보이는 각종 미사일과 포탄들이 날아들었다.

"버러지들 같으니라고."

가볍게 인상을 구긴 더 블랙이 여전히 전면에서 자신을 향해 다가오기 위해 안간힘을 쓰고 있는 유건을 흘깃 쳐다본 뒤 공중을 향해 손을 뻗었다.

유건을 향해 뻗어낸 존재감을 회수한다면 그 즉시 들이닥치게 될 것이 뻔했기에, 날아드는 것들을 막기 위해서는 그가 손을 뻗어 직접 마법을 사용해야만 했다.

그 찰나의 순간 벌어졌던 작은 틈을 느낀 유건이 한 호흡의 여유를 가지고 가일층 힘을 더했다.

전면에서 힘을 더하고 있는 유건과 저 멀리서 쉬지 않고 날아드는 포탄들로 인해 더 블랙은 뜻하지 않는 고착 상태에 빠지게 되었다.

"윈드 커터(Wind Cutter)!"

그의 입에서 주문이 터져 나오기 무섭게 수많은 바람의 칼날들이 생성돼 날아드는 것들을 분쇄했다.

그러나 마치 세상에 존재하는 모든 무기들을 총동원하기라도 한 것처럼 미사일과 포탄들이 쉬지 않고 날아들었다.

콰콰콰콰쾅! 쾅쾅!

고막을 때리는 거대한 폭발음이 쉴 새 없이 이어졌다.

"쏴라! 쉬지 마라!"

각 진지에 배치된 고위급 장교들이 병사들을 독려했다.

그들을 돕기 위해 파견된 이능력자들이 직접 포탄을 날라 주었다.

뜨겁게 달궈진 포신은 직접 마법을 사용해서 식혔다.

이를 지켜보고 있던 박창선 소장이 곁에 서있는 하루나를 향해 물었다.

"정말 계속해서 이렇게만 하면 되는 거요?"

"네, 그렇게 해야 상대가 포탄들 사이에 섞여있는 마력중화탄의 존재를 알아차리기 힘들 겁니다. 모르는 사이에 조금씩 조금씩, 그렇게 그의 주변에 존재하는 모든 마력을 갉아먹어야 해요."

"유건은요? 그렇게 해도 그에게는 아무런 문제가 없는 겁니까? 정말 괜찮은 거냐는 말입니다?"

나름의 애정이 듬뿍 묻어나는 그의 말에 하루나가 부드럽게 웃으며 말했다.

"그의 힘은 외부가 아닌 자신의 내부에서부터 비롯되니까요, 대신 적은 본체가 아닌 탓에 외부의 마력을 끌어들여서 모든 마법을 구현시킨다고 들었어요."

"대체 그런 정보는 어디에서?"

의아한 듯 묻는 그를 향해 하루나가 저 멀리 일어난 폭발의 향연을 바라보며 말했다.

"우리의 조력자로부터요…."

그녀의 아련한 눈빛이 어느 순간부터 자취를 감춰버리고만 아나지톤의 모습을 쫓고 있었다.

전면에서 계속해서 힘을 집중하고 있는 유건을

막아내며 한편으로는 계속해서 날아드는 공격들을 마법으로 요격하던 더 블랙이 이상을 알아차린 건 한참이 지난 이후였다.

'마나의 유동이 멈췄다?'

하루나가 예상한 것처럼 더 블랙이 보통 마법을 구현할 때에 외부에서 마나를 끌어들여 사용하긴 하지만, 그의 내부에는 아주 작은 드래곤 하트의 조각이 버티고 있었다.

원래의 그것에 비하면 비교할 수 없을 만큼 작은 조각이긴 했지만, 드래곤 하트는 그 자체만으로도 무한한 마나의 보고였다.

비록 그 조각이라 할지라도 어지간한 마법쯤은 쉬지 않고 난사 할 수 있을 정도의 마력을 보유하고 있었다.

그렇기에 외부의 마나와 일정한 비율로 마력을 조율해서 마법을 사용하던 그가 이상을 느끼게 된 시점이 조금은 늦었던 것이었다.

아주 미세한 차이.

그 작은 차이가 엄청난 결과를 만들어 낼 줄은 그 누구도 예상하지 못했다.

하루나의 전략이 먹혀들어가고 있다는 것을 증명하기라도 하듯이 마법을 구현하는데 사용되는 마나의 양이 점차 많아지기 시작했다.

용언 마법은 그 절대적인 위력만큼이나 정신력의 소모가 심했다.

유건은 모르고 있었지만, 그가 용언 마법에 버텨내는 순간부터 더 블랙의 정신력을 야금야금 갉아먹고 있었던 것이었다.

더 블랙은 정신력과 마력이 조금씩 사라지고 있는 것을 느끼며 불쾌함을 느꼈다.

본체였다면, 이정도의 소모쯤은 가볍게 무시 할 수 있었겠지만 지금의 그는 화신체에 불과했기에 이러한 소모전은 지양해야 했다.

그 순간!

마음의 결정을 내린 더 블랙의 눈이 번뜩였다.

"꺼져라 이놈!"

"커억!"

그가 전면을 향해 막대한 존재감을 쏟아 부었다. 그 엄청난 힘에 유건이 핏물을 토해내며 튕겨져 나갔다.

창대를 붙잡고 있던 팔이 기형적으로 뒤틀렸다.

온 몸이 산산 조각나는 것 같은 고통을 느끼며 뒤로 날아간 유건의 의식이 순식간에 날아갔다.

너무나 극심한 고통을 감당해내기 스스로를 보호

하기 위한 본능적인 반응이었다.

그의 등 뒤에서 순식간에 뻗어 나온 검은 날개가 마치 어미 새가 새끼를 보호하는 것처럼 그를 에워 쌌다.

유건을 단숨에 날려버린 더 블랙이 지끈거리는 두통으로 인해 잔뜩 미간을 찌푸렸다.

그만큼 방금 그가 행한 용언 마법으로 인해 정신력의 소모가 극심했기 때문이었다.

인상을 찌푸린 채 고개를 위로 돌린 그가 양손을 좌우로 떨치며 외쳤다.

"대기 폭발(Air Explosion)!"

퍼어어어어어어엉!

그의 외침과 동시에 엄청난 소리가 터져 나오며 사방으로 광풍이 몰아닥쳤다.

"으아아악!"

열심히 포탄을 날라 가며 쉬지 않고 포격을 가하던 군인들이 귀를 부여잡은 채 바닥을 뒹굴었다.

위이잉~

"크윽!"

지휘관 막사에 있던 이능력자들이 동시에 신음을 토해냈다.

이능력자들의 대부분은 강한 이명으로 인해 괴로

292

워했지만, 일반 군인들은 그대로 고막이 터져나갔다.

절대급으로 분류되는 마법 한방으로 단숨에 형세를 역전시킨 더 블랙이 조금은 지친 것 같은 표정으로 저 멀리 포진해 있는 인간들의 진영을 쳐다보았다.

"이대로 두면 계속해서 귀찮을 것 같으니…."

그의 신형이 순식간에 자취를 감췄다가 진영의 한복판에 나타났다.

"크으으윽!"

"메딕!"

"여기부터 도와줘!"

"으아아아악!"

불행하게도 조금 전의 충격으로 인해 운반 중이던 탄두 몇 개가 그 자리에서 폭발했기에 인명 피해가 극심했다.

이를 수습하기 위해 고통을 무릅쓴 채 나선 이능력자들이 부상자들을 돌보느라 정신이 없었다.

그런 그들을 공중에서 내려다보고 있던 더 블랙이 손을 내밀었다.

그의 손에서 찐득한 기운들이 뭉클거리며 생겨나는가 싶더니 이내 걸쭉한 젤리처럼 바닥으로 흘러내렸다.

슬라임과 유사해 보이는 그것은 순식간에 수십 수백조각으로 갈라선 채 사방으로 흩어졌다.

본능적으로 자신들의 먹잇감이 있는 곳을 알아차린 녀석들이 진영 곳곳에서 신음하고 있는 부상자들을 덮쳤다.

"응? 이, 이게 뭐야?!"

"으, 으아아악!"

"사, 살려줘!"

"누가 이것 좀 떼어줘! 제발!"

가뜩이나 혼란스럽던 진영 곳곳에서 괴성이 들려왔다.

'응? 이건?!'

그제야 더 블랙의 존재를 감지한 하루나가 천막 밖으로 빠져나왔다.

그녀의 눈에 사방에서 벌어진 혼란한 상황과 이를 야기한 더 블랙의 모습이 한 번에 들어왔다.

이곳 진영 곳곳은 그녀의 이능력으로 인해 물샐틈 없이 파악된 상태였다.

'모두! 이곳에 더 블랙이 나타났어요! 작전대로 움직입니다. 지금 바로!'

그녀가 자신과 연결되어 있던 일행들을 향해 작전의 시작을 알렸다.

'미안합니다.'

곳곳에서 괴 생명체에게 먹힌 뒤 몬스터의 일종으로 변한 부상자들이 난동을 피우고 있었다.

젤리와 유사한 몸체로 인해 일반적인 공격으로는 녀석을 막아내기 힘든 상황.

그러나 그녀로서는 그들을 구해낼 여유가 없었다.

더 블랙, 그를 이곳으로 유인해 내는데 성공한 그녀였기에, 이를 놓치지 않기 위해 다음 계획대로 움직일 뿐이었다.

어차피 더 블랙, 그자를 막아내지 못하면 모두 죽을 목숨.

그녀의 표정이 더 없이 무겁게 변했다.

사방에서 들려오는 비명소리를 애써 무시한 채 더 블랙을 향해 다가서던 그녀가 어느 수간 강하게 신호를 보냈다.

'지금입니다!'

"속박! 속박! 속박!"

더 블랙의 지척에서 갑자기 모습을 드러낸 성희가 이능을 발현했다.

그녀의 갑작스런 등장에 놀란 더 블랙이 마법을 발현하기 직전, 정사각형 모양의 투명한 박스가 그를 에워쌌다.

"응?"

연거푸 세 번이나 이를 중첩시킨 성희가 하얗게 질린 얼굴로 가쁜 숨을 몰아쉬었다.

더 블랙이 이곳 진영에 도착 한 뒤에도 일행들의 존재 여부를 전혀 알아차리지 못한 데에는 그녀의 활약이 매우 컸다.

그녀가 특유의 이능력을 통해 더 블랙으로부터 일행들의 존재감을 지우기 위해 그 모두를 방어막으로 에워싸고 있었기 때문에 들키지 않은 채 그의 지척까지 접근 할 수 있었던 것이었다.

"붙잡아 둘 수 있는 시간은 그리 많지 않습니다! 모두 서두르세요!"

"오케이! 맡겨만 두라고!"

경쾌하게 답하며 불꽃을 뿜어낸 제임스가 바닥에 미리 새겨놓았던 마법진의 한쪽 축에 자신의 힘을 몰아넣기 시작했다.

그의 힘을 흡수한 마법진이 은은하게 진동하며 붉은 빛을 뿜어냈다.

자신을 속박한 투명한 막의 존재를 알아차린 더 블랙이 차갑게 웃었다.

'이 나를 유인한 건가?'

섬세하면서도 강한 이 보호막은 그가 심혈을 기

울여 만들어냈던 인간이 지니고 있던 바로 그 특이
한 이능력이었다.

이번에는 밖의 위협으로부터 보호하기 위한 것이
아닌 상대를 가두기 위해 방향이 반대로 뒤바뀌어
있었다.

투웅!

가볍게 주먹을 내지른 더 블랙이 그 강한 반탄력
에 나직이 탄성을 내질렀다.

그 순간, 그의 발밑에 설치된 거대한 마법진에서
붉은 빛이 은은하게 뿜어져 나왔다.

그 마법진에 새겨진 문양은 그에게도 매우 익숙
한 것이었다.

"극대소멸마법진?"

왜냐하면 이 마법을 만들어 낸 것이 바로 자신이
었기 때문이었다.

그가 인간 마법사로 폴리모프해서 유희를 지낼
당시 만들어낸 마법이 바로 이 극대소멸마법진이었
다.

이 마법진이 유명세를 타게 된 것은 우습게도 나
이가 비교적 어린 드래곤을 잡기 위해 용사들과 함
께 레어에 도전했던 당시 그를 상대로 꽤 큰 상처를
입혔기 때문이었다.

어지간한 마법은 모두 튕겨내 버리는 드래곤을 상대로 효과적인 피해를 입힐 수 있는 마법진의 존재가 대륙에 알려진 순간.

그 비의를 알기 위한 수많은 세력들의 암투가 벌어졌다.

그렇게 그 암투에 휩싸인 비운의 마법사는 마법진이 적혀있는 책을 빼앗기며 목숨을 잃고 말았다. 사실은 유희에 질린 그가 이를 끝낸 것에 불과했지만.

장난삼아 만들어낸 마법진에 불과하긴 했지만, 그 위력은 발군이었다.

그 놀라운 위력 때문에 그 이후 로드에게 불려가 심하게 혼나기도 했었다.

그 마법진이 시공간을 뛰어넘어 자신의 발밑에서 그 위용을 뽐내고 있었던 것이었다. 게다가 자세히 보니 자신이 만들었던 것에서 무언가 변한 것들이 느껴졌다.

'증폭 시킨 건가?'

그의 예상처럼 아나지톤이 오랜 연구 끝에 보완하고 증폭시킨 마법진을 둘러선 일행이 정해진 위치에 서서 차례차례 힘을 불어 넣기 시작했다.

오망성(Pentagram) 모양의 각 꼭짓점의 위치에

선 일행들이 각자의 이능을 마법진에 불어 넣자 점차 그 빛이 뒤섞였다.

제임스에 이어 하루나와 성희, 그리고 장 루이를 지나 마지막으로 지환이 그가 지닌 특유의 이능을 마법진에 불어 넣었다.

새하얗게 빛나는 얼음결정과 함께 얇은 살얼음이 마법진 표면을 뒤덮었다.

우우우우웅!

그 순간 마법진으로부터 엄청난 진동이 시작됐다. 마치 지진이 난 것처럼 지축이 흔들렸다.

이를 가만히 지켜보고 있는 더 블랙의 얼굴에 떠올라 있는 것은 공포나 불안이 아닌 짙은 호기심이었다.

그의 모습에서 위화감을 느낀 하루나가 이를 악물었다.

'성공할거야! 반드시 그래야만 해!'

마치 스스로를 안심시키기라도 하듯이 반복해서 되뇌던 그녀의 눈이 반짝였다.

'됐다!'

마법진이 완벽하게 구동되며 찬란한 무지갯빛을 뿜어내고 있었다.

'시동합니다!'

그 순간 긴장감 가득한 모두의 얼굴에 결연한 빛이 떠올랐다.

투콰콰콰콰!

엄청난 굉음과 함께 무지갯빛에 물든 거대한 광체가 공중을 향해 뿜어졌다.

마치 드래곤의 브레스와 닮은 그것이 더 블랙이 자리하고 있던 곳을 포함한 광범위한 지역을 모두 쓸어버리며 하늘로 솟구쳐 올랐다.

사실 극대소멸마법은 더 블랙이 드래곤의 브레스에 착안해서 만들어낸 마법이었다. 그렇기에 마치 드래곤의 숨결이 공중으로 토해진 것 같은 착각을 불러일으켰다.

"서, 성공이에요!"

극대소멸마법의 그 강대한 빛줄기가 더 블랙을 쓸어버리려던 찰나 이능을 거둔 성희가 더듬거리며 말했다.

긴장감이 사라지자 다리에 힘이 풀린 그녀가 바닥에 풀썩 주저앉았다.

그녀를 향해 힘겹게 다가온 하루나가 미소를 지은 채 그녀를 일으켰다.

"그래, 성공이야."

그녀의 입가에 맺혀있던 미소가 환하게 변했다.

"크윽, 마치 십년은 더 늙은 기분이야. 기분 진짜 더럽군 그래."

온 몸의 힘이란 힘은 모조리 빠져나간 것 같은 탈력감에 질린 듯 고개를 내저은 제임스가 바닥에 주저앉았다.

그의 말처럼 순식간에 십년은 늙어 버린 것 같이 초췌한 얼굴로 하루나를 향해 미소 지었다.

장 루이와 지환이 서로를 부축한 채 일행들을 향해 천천히 다가왔다.

"확실히 처리한건가?"

장 루이가 믿기 힘들다는 듯 구름 한 점 없이 맑은 하늘을 올려다보며 중얼거렸다.

그의 눈이 지환과 마주쳤다.

피식 웃으며 팔을 뻗어 서로 주먹을 맞댔다.

그렇게 서로를 마주 보며 환하게 웃던 일행들의 귓가에 믿기 힘든 소리가 들려왔다.

"좋은 분위기를 깬 것 같은데… 이거 미안해서 어쩌지?"

푸욱!

섬뜩한 소리와 함께 지환의 고개가 아래로 향했다.

자신의 가슴을 뚫고 무언가가 길쭉하게 튀어나와 있었다.

"이, 이게 뭐… 쿨럭!"

지환의 가슴을 꿰뚫었던 팔을 빼낸 더 블랙이 핏물을 털어내며 비릿하게 웃었다.

"이 나를 직접 수집한 장난감의 작동방법도 알지 못하는 머저리라고 여긴 건가?"

일행들은 눈을 부릅뜬 채 바닥으로 허물어져 내리는 지환과 더 블랙의 모습을 바라보며 얼어붙은 듯 아무런 말도 하지 못했다.

"그렇다면 무척 섭섭하다고 말해주고 싶군."

슈욱!

그 순간 바람이 스치는 소리와 함께 더 블랙이 모습을 감췄다.

그제야 퍼뜩 놀라 정신을 차린 하루나가 다급하게 외쳤다.

"모두 피해요! 커헉!"

그런 하루나의 뒤에 나타난 더 블랙이 그녀의 목덜미를 붙잡아 들어올렸다.

낚싯줄에 걸린 물고기처럼 펄떡 거리는 그녀를 흘깃 쳐다본 더 블랙이 제임스를 향해 말했다.

"세상에서 가장 보기 좋은 장면이 뭔 줄 아나?"

흠칫.

사랑하는 연인이 죽을 지도 모른다는 생각에 몸

이 굳어 있던 제임스가 놀란 표정으로 그를 쳐다보았다.

"크하하하하하, 멋지군. 바로 그 표정이야! 사랑하는 이의 죽음을 목전에 둔 이의 표정이란… 정말이지 소장하고 싶을 정도라니까."

제임스의 흔들리는 눈이 하루나와 마주쳤다.

그녀의 입이 힘겹게 열렸다.

"사, 사랑…."

빠각.

소름끼치는 소리와 함께 그녀의 사랑스럽던 눈이 흐릿하게 변했다.

줄에 매달린 인형처럼 온 몸이 축 늘어진 하루나의 한쪽 팔을 들어 올린 더 블랙이 마치 연기자처럼 그녀의 목소리를 흉내 냈다.

"사랑… 응? 뭐라고 한건가? 사랑해요? 그런 건가? 크하하하하."

"으, 으아아아아악!"

제임스가 악에 받친 소리를 질러가며 더 블랙을 향해 달려들었다.

"아, 안 돼요!"

성희의 다급한 외침이 채 닿기도 전에 제임스는 자신을 향해 날아든 하루나의 몸을 받아들었다.

아직 따뜻했다. 지금이라도 눈을 뜨고 자신을 향해 짓궂게 웃어줄 것만 같았다. 하늘을 닮은 그 아름다운 눈동자를 다시 볼 수만 있다면 영혼이라도 팔리라…

그렇게 그녀의 시체를 안아든 제임스가 오열했다.

서걱.

여전히 눈물이 흘러내리고 있는 제임스의 머리를 베어낸 더 블랙이 그의 머리채를 부여잡은 채 자신의 얼굴 앞에 들이댔다.

"저런, 저런… 이 뜨거운 눈물을 보게나. 인간의 사랑이란 언제 보더라도 놀랍단 말이지."

과장된 연기톤의 목소리. 그는 지금 자신들을 가지고 놀고 있었다.

마치 어린 아이들이 지나가는 개미들의 팔다리를 뜯어내며 즐거워하는 것처럼…

그는 아무런 양심의 가책이 없이, 그저 재미로 자신들을 죽이고 있었다.

그것도 가장 고통을 줄 수 있는 방법으로…

"흐흑…"

순식간에 목숨을 잃은 동료들의 처참한 모습을 보며 바닥에 주저앉은 성희가 입을 가린 채 울음을 터트렸다.

그런 그녀를 지키려는 듯 장 루이가 그 앞을 가리고 섰다. 그의 등줄기를 타고 굵은 땀방울이 흘러내렸다.

살아남은 두 사람 모두 직감하고 있었다. 결코 그의 손아귀에서 벗어날 수 없다는 것을…

'오…오빠….'

성희가 속으로 간절히 유건을 찾았다.

그녀의 마음이 전달되기라도 한 것일까?

꿈틀.

엉망으로 구겨진 채 죽은 듯이 처박혀 있던 유건의 손끝이 움직였다.

· ♦ ·

"전원 공격!"

두 사람이 긴장을 풀지 못한 채 천천히 다가오는 더 블랙을 바라보고 있을 그 때.

밀리언의 낭랑한 목소리가 울려퍼졌다.

그와 동시에 각종 빛줄기가 더 블랙을 향해 쏟아졌다.

원거리 이능력자들의 공격이 쉴 새 없이 퍼부어지고 있는 동안, 성희와 장 루이에게 일급 요원들이 다가왔다.

"저희를 따라오시죠."

"네? 아, 아니. 여러분도 위험해요. 어서 피해야…."

성희가 금방이라도 울 것 같은 얼굴로 자신을 이끄는 요원들을 바라보았다.

그녀에게 다가온 밀리언이 부드럽게 웃으며 말했다.

"여기서 맥없이 물러난다면 그분을 뵐 면목이 없습니다."

"그분?"

"우리들의 영원한 마스터. 그 이름에 걸맞은 분은 오직 유건, 그 분 뿐입니다."

"아아!"

잠시 잊고 있었다. 이들 모두 유건의 혹독한 단련을 통해 지금 이 자리까지 오게 되었다는 것을.

기이잉.

그 순간, 모두의 인상을 찌푸리게 만드는 소성이 울려 퍼졌다.

"크아아악!"

"아아악!"

"막아! 좀 더 버텨야 한다. 기척을 지우는 연막을

뿌리고, 마력섬광탄과 마력중화탄을 모조리 퍼부어라! 모든 원거리 요원은 전력을 다하라!"

누군가의 다급한 외침 이후 주변을 뒤덮은 연막들 속에서 조금 전보다 배는 더 커다란 불빛과 폭음이 들려왔다.

"어서 피하셔야 합니다."

"그, 그래도….."

그렇게 머뭇거리는 성희의 팔을 장 루이가 잡아끌었다.

"아직, 우리에겐 유건이 남아있다."

"흑….."

그의 말에 좀처럼 움직이지 않던 성희가 걸음을 옮겼다.

"끄아아악! 이 자식아 죽어라!"

동료의 시체를 발판 삼아 쉬지 않고 더 블랙을 향해 달려드는 요원들이었다.

그들 모두의 마음속에 깊이 남아있는 것은 유건 그에 대한 신뢰였다.

그 절대적인 신뢰가, 행동에 있어서 일말의 망설임조차 용납하지 않았다.

그들의 목숨을 건 공격들에는 계속해서 무리를 해왔던 더 블랙으로서도 경시하기 어려울 정도의 무언가가 있었다.

그렇게 부나방처럼 달려드는 요원들을 처리하며 천천히 나아가던 그의 감각에서 성희와 장 루이의 기척이 사라졌다.

"흐음⋯."

그의 미간이 찌푸려졌다.

조금 전부터 계속해서 자신의 예상을 넘어서는 일들이 벌어지고 있었다.

혼돈의 힘을 통제하는 데에 실패한 이후부터 계속해서 일이 꼬이고 있었다.

마치 누군가가 농간을 부리는 것만 같았다.

가만히 하늘을 올려다본 더 블랙이 차갑게 웃었다.

'그렇게 쉽게는 허락하지 않겠다는 건가?'

대체 누군가를 향한 말일까?

다시금 전면을 향해 고개를 돌린 더 블랙이 달려들던 요원 하나의 가슴을 그대로 꿰뚫었다.

자신의 가슴을 뚫어버린 더 블랙의 팔을 붙잡은 그가 웃으며 말했다.

"쿨럭! 너⋯너는 시⋯실패할 거다. 크크크크⋯."

그의 말에 더 블랙의 얼굴이 구겨졌다. 무언가 원인을 알 수 없는 불쾌함이 전해졌다.

그 알 수 없는 불쾌함을 떨쳐내기라도 하듯이 거

칠게 핏물을 털어내는 그의 감각에 익숙한 기운이 느껴졌다.

"다시 오는가? 대적자여?"

• ✦ •

정신을 차린 유건의 몸이 순식간에 원래의 상태로 회복됐다.

트롤의 피로 적응자가 되었던 유건이었기에, 타고난 회복력만큼은 타의 추종을 불허했다.

거기다가 반쯤 죽었다가 되살아날 때마다 그의 내부에 자리 잡고 있는 혼돈의 힘이 폭발적으로 증가했다.

'이젠 인간이라고 말도 못하겠군.'

윤택이 흐르는 검은 빛으로 변해버린 피부를 살펴보던 유건이 피식 웃었다.

마치 슈퍼 히어로물의 주인공들이 입는 타이즈처럼 검게 물들어 온몸을 에워싼 혼돈의 기운이 그의 온 몸을 제 마음대로 돌아다녔다.

예전에는 물과 기름처럼 계속해서 엇나가기만 하던 혼돈의 힘과의 관계가 이제는 마치 하나가 된 것처럼 친숙하게만 느껴졌다.

등 뒤에서 뻗어 나온 날개는 거대한 형상으로 합쳐졌다.

마치 고대의 설화 속에 등장하는 타락한 천사의 그것 같았다.

"이건 마치 내가 악당인 것 같잖아?"

어둠에 물든 다크 히어로 인건가?

어딘가 마음에 들지 않는 듯 투덜거리던 그가 땅을 박찼다.

순식간에 쏘아져 나간 그의 신형이 더 블랙을 향해 일직선으로 날아갔다.

유건이 자신과 반대의 방향으로 멀어져가는 성희와 장 루이의 기척을 감지해냈다.

성희 자신의 고유한 이능으로 기척을 감춘 채 이동하고 있었다.

그렇기에 그녀의 이능을 받아들인 유건만이 그 기척을 느낄 수 있었다.

'나머지는 모두 당한건가?'

느껴지지 않는 일행들의 기척. 그 사실이 전해주는 바는 너무나도 명확했다.

이상하리만큼 내면이 고요했다.

분명 커다란 분노가 치밀어 오르는데도 마음은 마치 고요한 호수의 표면처럼 잔잔하기만 했다.

'적응이 안 되는군.'

지금 이 순간에도 수많은 이들의 생명이 꺼져가고 있었다.

거대하게 타오르는 더 블랙이라는 불꽃을 향해 망설임 없이 몸을 던지고 있었다.

"모두 뒤로 물러섯!"

대기를 뒤흔드는 일갈에 일급 요원들이 마치 약속이라도 한 듯 썰물처럼 빠져나갔다.

그 과정이 더할 나위 없이 깔끔했다.

혹독한 훈련의 과정이 결코 헛되지 않았음을 증명해주는 모습이었다.

바닥에 내려선 유건이 대원들의 핏물로 목욕을 한 것처럼 붉게 변한 더 블랙을 바라보았다.

그가 고개를 좌우로 꺾어가며 말했다.

"제 이 라운드 시작이다."

·   ❖   ·

충격의 여파라고는 전혀 보이지 않는 유건의 모습을 훑어보던 더 블랙이 자조 섞인 웃음을 터트렸다.

"큭, 과연 태초의 힘이며 궁극의 힘이라고 불리는 혼돈이라 이건가?"

본래는 자신이 취했어야 할 힘이었다.

그렇기에 존재 소멸의 위험을 무릅쓰고 차원을 넘은 것이 아닌가?

하찮은 인간이 자신의 대적자로 설 수 있는 지금의 모습만 보더라도 그 힘이 지닌 위대함을 잘 알 수 있었다.

분노가 치밀어 올랐다.

한낱 미천한 인간인 주제에.

백년의 세월조차 견디지 못해 사그라지고 마는 필멸자인 주제에.

"이 나를 막아선단 말이냐!"

터어어엉!

그의 외침과 함께 엄청난 힘이 유건을 향해 몰아 닥쳤다.

'큭, 이게 바로 존재의 힘이로군.'

조금 전까지만 해도 그저 막연히 공간이 자신을 밀어낸다고 생각했었던 그 존재의 힘을 이제는 구체적으로 느낄 수 있었다.

'존재의 힘이란 영혼의 힘….'

그 영혼이 세월이 지나감에 따라 점차 강화되어 종국에 가서는 현실의 공간에 의지를 통해 무한한 이적을 구현해 낼 수 있게 만들어 주는, 그 힘의 정체를 비로소 파악하게 된 유건이었다.

파아앗!

유건이 자신의 전면에 존재감을 피력했다.

마치 거대한 파도를 가르는 범선의 앞머리처럼.

밀려드는 더 블랙의 존재감이 유건의 그것 앞에서 좌우로 갈라졌다.

"이, 이… 말도 안 되는!"

부릅떠진 눈, 놀라 벌어진 입.

어지간한 일에는 눈 하나 깜짝하지 않는다는 드래곤의 얼굴이 경악으로 물들어 있었다.

"인간이라는 존재가 그토록 하찮게 보였나? 만약 네 말대로 인간이 그렇게 하찮은 존재에 불과했다면… 그렇다면 진즉에 이 땅 위에서 소멸했겠지. 하.지.만! 우리는 수천 년의 세월을 버텨내며 발전하고 적응하고! 결국엔 살아남았다. 인간을 무시하지 말라고!"

터엉!

"그래서 우리는 모두 나면서부터 적응자인거다!"

유건이 진각을 밟으며 전면을 향해 자신의 분노를 쏘아냈다.

영혼의 힘을 각성한 유건의 일갈에 더 블랙의 신형이 휘청거렸다.

"가, 감히 인간 주제에…."

핏빛으로 물든 눈동자가 유건을 노려보았다.

그 안에서 소용돌이치는 광기가 뚜렷하게 느껴질 정도였다.

더 블랙이 인간이 자신의 앞을 막아섰다는 믿기 힘든 현실에 분노해 푸들거리며 몸을 떨었다.

그의 몸에서 살갗이 따가울 정도의 살기가 피어올랐다.

일반인이라면 잠시 노출되는 것만으로도 즉사할 정도의 농도 짙은 살기였다.

그러던 그가 잠시 후 잠잠해졌다.

"후우~ 그래, 믿기 힘든 일이지만 엄연한 현실. 네 놈을 내 대적자로 받아들이마."

장난스럽게 그를 대적자로 칭하던 이전과 다른 느낌을 주는 더 블랙의 말이었다.

"너를 나의 대적자로 인정하며, 그에 맞게 최선을 다해 상대해주겠다."

유건을 바라보던 그의 눈동자가 마치 파충류의 그것처럼 세로로 쪼개졌다.

그리고 그의 얼굴이 마른 논바닥처럼 갈라지기 시작했다.

"크오오오!"

하늘을 향해 고개를 치켜든 더 블랙이 격정을 참지 못하고 포효했다.

그 거대한 존재감이 사위를 짓눌렀다.

"큭!"

새롭게 존재의 힘을 깨달은 유건조차 힘겨워 할 정도의 거대한 힘의 사역.

더 블랙의 몸이 터질 듯이 부풀어 올랐다.

온 몸을 덮고 있던 옷이 찢겨졌다. 피부가 갈라지며 선홍빛 근육이 모습을 드러냈다.

그리고 마치 범람하는 강물처럼 그 크기를 불려가기 시작했다.

그에게서 뿜어져 나온 기파에 휩쓸린 대기가 미친 듯이 소용돌이 쳤다.

이를 따라 거대한 흙먼지가 딸려 올라가 그의 몸체를 가렸다.

"응?!"

쿠웅!

날카로운 발톱이 달린 거대한 발이 유건이 있던 자리 위로 내리꽂혔다.

위기를 감지하고 뒤로 성큼 물러선 유건이 고개를 들어 올려다보았다.

그 끝이 보이지 않을 정도의 높이.

한참을 더 물러선 유건이 공중으로 몸을 띄웠다.

그제야 상대의 모습을 제대로 인지 할 수 있었다.

"드, 드래곤?"

먼지 구름이 걷히고 드러난 상대의 모습은 동, 서양의 그것이 하나로 합쳐진 것 같은 전형적인 용의 모습이었다.

"쿠오오오오오!"

드래곤 피어(Dragon Fear)!

온 몸을 짜릿 거리게 만드는 거대한 기파가 원을 그린 채 사방으로 뻗어나갔다.

고개를 치켜들고 한차례 포효한 더 블랙, 아니 블랙 드래곤 바하무트의 거대한 눈이 유건을 향했다.

· ⚼ ·

더 블랙의 진정한 모습이 드러났다.

블랙 드래곤임을 드러내는 검은 비늘이 온 몸을 빼곡히 뒤덮고 있었다.

거대한 그의 눈이 유건을 바라보았다.

– 이 내게 본체로의 현현을 강제하다니… 인간이

여. 그대는 나의 대적자로서의 자격이 있구나.

"그 모습으로 말하는 건 힘든가보지? 위대한 드래곤께서?"

유건의 말처럼 더 블랙은 예전과 달리 정신감응을 통해서 의사를 전달하고 있었다.

유건의 말 속에 담겨있는 조롱의 의미를 모를 리가 없는 더 블랙의 거대한 입고리가 말려 올라갔다.

그 사이로 거대한 이빨이 모습을 드러냈다.

– 크하하하, 진정으로 유쾌한 인간이로구나.

뇌리로 직접 전달되는 그의 음성에 유건이 미간을 찌푸렸다.

그의 안에 담겨있는 여유가 물씬 느껴졌다.

본체로 돌아가고 나자 지금까지 입었던 모든 충격들이 모두 해소된 것 같았다.

게다가 느껴지는 존재감의 크기 역시 압도적으로 커져 있었다.

객관적으로 봐도 크게 밀리는 형국.

심적으로 위축되어 가던 유건을 일깨우기라도 하듯이 그의 내부에서 혼돈의 기운이 출렁거렸다.

퍼뜩 정신을 차린 유건이 차분한 시선으로 거대한 더 블랙을 쳐다보았다.

크기가 커졌다.

존재감이 상승했다.

모든 상처와 후유증이 사라졌다.

그렇다면 과연 모든 것이 다 좋은 쪽으로만 변한 걸까?

영혼의 힘을 깨달은 유건은 세상의 이치가 항상 한쪽 방향으로 흐르는 일이 없다는 것을 알게 되었다.

작용이 있다면 그 반대급부로 반작용이 반드시 존재하는 것이 세상의 이치.

인과율이라고 하는 세상의 흐름.

중간계를 조율한다고 하는 위대한 존재, 드래곤이라고 해서 세상의 근간을 이루는 저울추를 벗어날 수는 없을 터.

생각해라. 생각해라.

유건의 두 눈가에서 검은 귀화가 피어올랐다.

그의 감각에 거대한 더 블랙의 본체 정중앙에 자리 잡고 있는 거대한 마력의 집약체의 존재가 감지됐다.

그 안에 담긴 상상을 초월한 마력들과 그곳에서 부터 전신을 향해 뻗어나가는 마력의 흐름이 마치 손에 잡히듯이 생생하게 그려졌다.

'저거다!'

평범한 인과의 흐름을 비튼 존재.

더 블랙의 저 거대한 본체를 현현하게 만든 원동력.

추의 균형을 억지로 맞추고 있는 마력의 집약체.

이쪽 차원으로 건너올 때 블랙 드래곤 바하무트가 지니고 온 드래곤 하트의 조각이었다.

그러나 온전한 형태의 드래곤 하트는 아니었다.

유건의 심안이 그 한계를 정확하게 짚어냈다.

본래라면 온전한 드래곤 하트가 자리잡고 있어야 할 자리에 머물고 있는 것은 한참 모자란 드래곤 하트의 조각.

마치 고출력 스포츠카에 경차의 엔진을 얹어놓은 격이었다.

'오래 가지 못한다!'

단발 승부.

더 블랙은 본체로 현현하게 되면 필연적으로 따라오는 한계를 잘 알고 있었기에 분명 단숨에 승부를 낼 요량이었다.

요리 조리 피해가며 시간을 끄는 것이 유리한 형국.

'어찌한다?'

고민은 짧았다.

유건의 뇌리에 그 힘의 집약체와 신창 롱기누스 사이를 잇는 가상의 선이 그려졌다.

단숨에 꿰뚫는다!

저 건방진 드래곤의 콧대를 납작하게 만들어 인류를 가지고 논 대가를 치르게 만들리라.

유건이 의지를 굳게 다졌다.

그렇게 형상화된 영혼의 힘을 이용해 내부에서 꿈틀대고 있는 혼돈의 기운을 조율했다.

제멋대로 엇나가려는 녀석의 목 줄기를 잡아챘다.

'내 말을 들어!'

그의 존재감을 가득 담은 의지가 혼돈의 힘의 목에 줄을 채웠다.

화륵!

유건의 영혼의 힘이 들불처럼 일어났다.

한없이 맑은 청색 불꽃.

그의 영혼의 색이 유형화 되어 나타났다.

그 푸른 불꽃이 검은 혼돈의 기운을 부드럽게 에워쌌다.

그러자 잠시 반항하던 녀석이 잠시 후 언제 그랬
냐는 듯이 고분고분해졌다.

마구 엇나가던 이전과 달리 정제되고 압축된 혼
돈의 기운이 신창 롱기누스 안으로 몰려들었다.

우웅!

거대한 울림.

주변의 대기가 그 울림에 공명했다.

- 설마, 혼돈의 힘을 통제하는데 성공한 것인가?

울림에 담겨 있는 힘의 파동에서 위화감이 느껴
졌다.

더 블랙의 음성에 담겨 있는 감정은 불신, 더 나
아가 경악에 가까웠다.

존재감을 통해 혼돈의 힘을 통제하려던 것은 애
초에 그가 갖고 있었던 계획이었다.

헌데, 이를 저 하찮은 인간이 해낸 것이었다.

믿기 힘든 현실. 그러나 그가 느끼고 있는 이 절
제된 혼돈의 힘은 그것이 통제 되고 있음을 알려주
고 있었다.

뜨끔.

그의 내면 깊은 곳.

드래곤 하트가 자리 잡고 있는 곳에서 날카로운 통증이 느껴졌다.

의식의 힘.

영혼의 힘.

그 존재감이 발현되어 자신의 약점을 노리고 있었다.

이를 깨닫자마자 그 즉시 엄청난 분노가 밀려들었다.

- 이! 하찮은 인간 주제에! 감히!

그의 분노가 주변 대기의 흐름을 변화시켰다.

고오오오오!

휘몰아치는 대기가 거대한 용권풍을 발생시켰다.

하나, 둘, 셋…

그렇게 생겨나기 시작한 회오리바람들이 마치 그를 호위하기라도 하듯이 거대한 더 블랙의 주변을 맴돌았다.

우르르릉!

사위를 어둡게 만드는 먹구름이 밀려들며 으르렁거리듯 굉음들을 토해냈다.

번쩍!

황금빛 번개가 유건의 정수리를 향해 내리 꽂혔다.

"흥! 어딜!"

스파앗!

엄청난 낙뢰의 줄기가 검은 우산처럼 활짝 펴진 혼돈의 막을 따라 사방으로 비산했다.

콰앙! 쾅! 쾅!

뒤이어 셀 수 없이 많은 낙뢰의 줄기가 유건을 향해 떨어져 내렸다.

더 블랙이 라이트닝 마법과 스톰 마법을 중첩해서 펼친 결과였다.

그렇다고 해도, 그 마법이 발현된 모습은 일반적인 것들과 그 궤를 달리했다.

'윽, 무지 막지 하구나 정말.'

마법이 발현된 현장이 너무 넓었다. 마법의 영향권이 수백 미터를 넘어섰다. 그 스케일이 남달랐다.

그런 마법을 무리 없이 막아내고 있는 유건도 대단했다.

그러나 몸을 빼낼 수는 없었다.

혼돈의 기운을 운용한 것은 그의 의지.

영혼의 힘을 사용하자 그 반응 속도가 이전과 비교할 수 없을 정도로 빨랐다.

그런 유건의 모습을 가만히 지켜보고 있던 더 블 랙이 날개를 퍼덕였다.

쿠아아아!

한쪽 끝에서 반대쪽 끝까지의 거리가 거의 백 미 터에 육박하는 거대한 날개가 엄청난 광풍을 만들 어냈다.

"으윽!"

맹렬하게 소용돌이치며 마구잡이로 들이 닥치는 바람의 칼날들이 유건의 전신을 유린하기 위해 날 아들었다.

평범한 윈드 커터 마법과 차원이 다른 마법.

단순한 날갯짓이 만들어낸 바람이 아닌, 마력을 잔뜩 머금은 공격 마법이었다.

본체로 현현하고 난 뒤부터는 작은 동작 하나 하 나가 범상치 않은 마법으로 화했다.

위에서는 여전히 엄청난 양의 낙뢰가 떨어져 내 리고 있었다.

진퇴양난.

그렇게 사방에서 그를 에워싸는 마법들과 힘겨루 기를 하고 있던 유건의 목덜미를 오싹한 기운이 훑 고 지나갔다.

'뭐지?'

시선을 돌리자 거대한 입을 벌린 채 자신을 노리고 있는 더 블랙의 모습이 보였다.

낙뢰를 부르던 뇌운으로 전신을 가려 이를 감췄던 더 블랙의 치밀함이 빛을 발하는 순간이었다.

고오오오오오!

엄청난 양의 마력들이 그의 벌린 입 안에서 검게 소용돌이치는 무언가로 빨려 들어갔다.

- 끝이다! 인간!

더 블랙의 사념과 동시에 세상의 소리가 사라졌다.

아무것도 들리지 않는 세상 속에서 유건은 자신을 향해 날아드는 검은 빛줄기를 바라보았다.

'이건, 막을 수가 없다.'

유건은 본능적으로 그 공격으로부터 벗어날 수 없다는 사실을 깨달았다.

검은 빛줄기가 그를 삼켜버리기 직전.

그 찰나의 순간이 무한하게 늘어졌다.

눈을 깜빡이자 세상이 변했다.

그의 내면에 자리하고 있는 무의식의 세계.

몇 번 그곳에 방문한 적 있었던 유건이 하얗게 물들어 있는 무한히 넓은 공간속에서 주변을 두리번거렸다.

"유건아…."

흠칫.

낯설지만 무언가 가슴 떨리게 만드는 음성.

아버지였다.

"아, 아버지?"

자기도 모르게 눈물이 주르륵 흘러내렸다.

이제는 얼굴조차 희미해진 아버지가 인자한 표정으로 자신을 바라보고 있었다.

울고 있는 유건에게 다가온 백차승이 유건을 그대로 품에 안았다.

"흑흑, 끄윽… 아, 아버지. 나, 나는…."

막상 아버지를 대면하고 나니 제대로 말이 나오지 않았다.

그저 이 따스한 품에 머물고만 싶었다.

그의 마음을 안다는 듯이 등을 토닥거리는 아버지의 투박한 손길이 그렇게 좋을 수가 없었다.

"유건이 네가 고생이 많구나. 이 못난 애비 때문에… 정말 미안하다."

"아, 아니에요 아버지. 나는 그저…."

창피하게 자꾸만 눈물이 흘러나왔다.

"아, 이거 자꾸 울기만 하네, 창피하게… 헤헤"

쑥스러운 나머지 눈물을 닦아가며 어색하게 웃는 유건이었다.

그런 그를 백차승이 다 이해한다는 얼굴로 바라보고 있었다.

"우리 앉아서 얘기 할까?"

"훌쩍, 네. 헤헤"

다 큰 사내 녀석이 아이처럼 구는 모습이 무척 이질적이었지만, 그런 그를 보고 있는 백차승의 눈에는 진득한 정이 가득했다.

아무것도 없는 의식의 공간 속에 테이블 하나와 의자 두 개가 만들어졌다.

자연스럽게 걸터앉은 두 사람은 한참 동안 말없이 서로를 바라보았다.

"이렇게라도 아버지를 볼 수 있으니 참 좋네요."

"혼자 힘들었을 텐데, 이렇게 잘 자라 줘서 너무나 고맙구나."

"그냥 저냥 살다보니…."

아버지의 칭찬에 마냥 쑥스럽기만 한 유건이었다.

그의 머리를 부드럽게 쓸어내리던 백차승이 입을

열었다.

"아쉽지만 우리에게 주어진 시간이 그리 많지 않구나."

"그러게요."

그도 유건도 자신들에게 주어진 시간이 많지 않다는 걸 잘 알고 있었다.

그저 그 사실을 뒤로 한 채 평범한 아버지와 아들로서 대화를 나누고 싶었을 뿐.

"죄송해요, 아버지. 최선을 다했는데도 실패하고 말았네요."

유건이 무거운 표정으로 고개를 푹 숙였다.

자신을 덮쳐오던 검은 빛줄기.

그것은 도저히 피해내거나 막을 수 없는 재앙과도 같았다.

그런 유건의 어깨를 가만히 다독이는 백차승의 손에서 따스한 빛이 뿜어져 나왔다.

자신의 몸 안으로 스며드는 알 수 없는 힘에 놀란 유건이 아버지를 바라보았다.

"아직 포기하기는 이르다. 유건아."

아버지의 인자한 손길과 눈빛.

그 순간 알 수 없는 힘이 가슴 깊은 곳에서부터 용솟음쳤다.

"이, 이건?"

"아들을 위한 아버지의 마지막 선물이다. 부디 남은 시간은 행복하길 바란다. 내 사랑하는 아들아. 이 못난 아비를 용서해주렴."

그 말을 끝으로 그가 환한 빛으로 환해 점차 사라져 갔다.

그런 아버지의 모습을 붙잡기라도 할 것처럼 손을 뻗은 유건이 흐느꼈다.

"하, 한 번도… 아버지를 원망해본 적이 없었어요. 당신은 제 아버지인걸요."

꼭 하고 싶었던 말.

가슴 속 깊이 묻어둔 채 꺼내지 못했던 그 말을 겨우 전할 수 있었다.

그의 말에 백차승의 얼굴에 환한 미소가 맺혔다.

"고맙다. 고마워…."

아버지와 꼭 닮은 유건의 얼굴에도 동일한 미소가 맺혔다.

"부디 승리하기를…."

아버지가 흩어져 사라진 자리. 승리를 염원하는 그의 목소리만이 남아서 메아리쳤다.

그렇게 아버지가 사라진 자리를 바라보며 아버지와의 벅찬 만남이 주는 여운을 만끽하던 유건이 천천히 고개를 들었다.

이유는 알 수 없지만, 왠지 모르게 그 검은 빛줄기를 막아낼 수 있을 것 같았다.

그리고 그 순간, 그의 의식이 수면 위로 급격하게 부상했다.

· ⁂ ·

고오오오오오!

유건의 눈에 처음 들어온 것은 세상의 모든 것을 지워버리기라도 할 것처럼 날아드는 검은 빛줄기였다.

마치 원래부터 알고 있었던 것처럼 자연스럽게 손을 앞으로 내밀었다.

혼돈이라 부르는 힘은 여러 가지 에너지가 집약되어 있는 군집체였다. 그 안에 담겨 있는 것은 결코 단순하지 않았다.

이전에는 결코 알 수 없었던 것.

그 힘의 본질이 이제는 손에 잡힐 듯이 그려졌다.

유건이 손을 내민 채 조용히 읊조렸다.

"거절한다!"

더 블랙의 용언 마법과 유사한 선언.

혼돈의 힘을 다스리는 진정한 군주로서 우뚝 선 유건의 의지를 담은 첫 번째 선언이었다.

그 안에 가득 담겨 있는 영혼의 힘이 혼돈 안에 담긴 단절의 힘을 세상 한 가운데 현현시켰다.

쿠콰콰콰콰!

마치 거대한 물줄기가 바위에 부딪혀 갈라지기라도 하듯이 검은 빛줄기가 단절의 힘을 만나 양 갈래로 흩어졌다.

그 믿을 수 없는 현상에 온 힘을 한 점에 모아 브레스를 내뿜고 있던 더 블랙의 눈이 부릅떠졌다.

드래곤만이 구현해 낼 수 있는 궁극기.

드래곤 하트가 만들어내는 그 엄청난 힘을 온전히 한곳에 모아 존재감을 부여한 채 단숨에 쏘아내는 브레스가 바로 그것이었다.

그 엄청난 힘의 현현은 언제나 그렇듯 같은 결과를 만들어 냈었다.

소멸.

존재하는 모든 것의 사멸.

그 엄청난 결과에 중간계에 존재하는 모든 것들은 두려움에 몸을 떨어야했다.

심지어 간혹 중간계에 강림한 마족들조차 그 브레스에 맞아 존재 자체가 갈가리 찢긴 채 사라지는 고통을 겪었다.

그런데 중간계도 아닌 다른 차원계에 속한 인간이 혼돈의 힘을 다뤄 이를 완벽하게 막아낸 것이었다.

그 순간.

더 블랙, 블랙 드래곤 바하무트의 뇌리 속에 정체를 알 수 없는 불안감이 자리 잡기 시작했다.

'이 내가 불안해하고 있다니?'

믿기 힘든 현실에 놀라기도 잠시, 그의 커다란 눈이 부릅떠졌다.

유건이 신창 롱기누스를 필두로 한 채 엄청난 속도로 브레스를 거슬러 오르고 있었기 때문이었다.

마치 거대한 강물을 거슬러 올라가는 한 마리의 연어처럼.

블랙 드래곤 바하무트는 혼돈의 힘을 앞세운 채 쇄도하는 유건의 모습에서 섬뜩함을 느꼈다.

그렇다고 해서 브레스를 도중에 거둘 수는 없었다.

선택을 강제당하는 이 상황이 못내 마땅찮은 더 블랙의 몸이 진동했다.

최후의 순간이 다가오고 있음을 직감한 그가 결정을 내린 것이었다.

하늘을 거의 채우다 시피 하고 있던 그의 거대한 몸체가 서서히 쪼그라들었다.

온 몸을 뒤덮고 있던 비늘에서 광택이 사라져갔다.

그에 반해 쏘아져 나가고 있던 브레스의 힘이 한층 강해졌다.

크롸롸롸롸!

천지를 떨어 울리는 드래곤의 포효에 힘차게 전진하던 유건의 몸이 멈칫거렸다.

그 뒤를 이어 막힌 둑이 터지기라도 한 것처럼 엄청난 힘의 파동이 몰려왔다.

기호지세(騎虎之勢)!

이미 되돌아가기에는 너무 멀리 온 상황이었다.

여기서 끝내고 말겠다는 상대의 의지가 전해져왔다.

유건이 혼돈의 힘 가운데 파멸의 속성을 가진 힘을 운용해 전면에서 몰아닥치는 브레스에 대항했다.

그렇게 서로의 팽팽한 힘의 균형으로 인해 한동안 앞으로 나아가질 못했다.

먹느냐 먹히느냐!

그 결착의 기로에서 유건은 사방에서 자신에게 향하던 압력이 사라진 것을 느꼈다.

'응?'

– 유건 오빠! 힘내요! 오빠는 할 수 있어요!

싸움의 여파로 인해 사람이 살 수 없는 형태로 변해버린 공간의 한쪽 구석에서 성희의 기척이 느껴졌다.

그녀가 자신의 이능을 통해 유건의 몸을 에워싼 것이었다.

'고맙다, 성희야!'

덕분에 한결 여유를 찾게 된 유건이 저 멀리 느껴지는 마력의 원천, 드래곤 하트에 의지를 집중했다.

'꿰뚫는다!'

– 꺼져라, 인간!

거의 동시에 외친 두 존재가 서로를 향해 결사의 의지를 불태웠다.

인류 역사상 등장한 적이 없었던 거대한 두 존재

가 서로의 영혼을 불태우며 격돌했다.

쇄도하는 유건으로 인해 반으로 갈라진 브레스가 주변 지역을 초토화 시켰다.

이대로 가다가는 유럽 대륙의 절반 이상이 죽음의 대지로 변하게 될 판이었다.

팽팽한 대립.

그 균형을 깨기 위해서는 무언가 계기가 필요했다.

그의 간절한 바람이 통한 것일까?

어디선가에서 날아든 눈부시게 빛나는 거대한 칼날이 더 블랙의 옆머리를 가격했다.

— 크악!

작은 충격이긴 하지만, 유건이 바라던 작은 틈을 만들 수 있을 정도로 충분한 일격이었다.

'누군지 모르겠지만, 정말 고맙다!'

그 틈을 타 전력을 다한 유건이 배는 더 바른 속도로 더 블랙을 향해 나아갔다.

"커흑!"

"하악⋯."

"컥!"

전력을 다해 온 힘을 하나로 그러모아 일격을 날린 이능력자들이 피를 토해가며 바닥에 널브러졌다.

그렇게 탈진한 이능력자 무리가 바닥에 널브러져 가쁜 숨을 몰아쉬었다.

"한방 멋지게 날려주라고!"

그중 누군가가 숨을 헐떡이며 외쳤다.

모두의 마음을 대변하는 그의 외침이 공간을 격해 유건의 마음을 울렸다.

'맡겨만 주라고!'

푸욱!

섬뜩한 울림과 함께 한줄기 섬광으로 화한 유건이 더 블랙의 목 줄기를 파고들었다.

세상을 모두 파괴하기라도 할 것처럼 쏘아지던 검은 빛줄기가 그쳤다.

그렇게 파고든 유건이 멈추지 않고 목표로 했던 마력의 덩어리를 향해 나아갔다.

혼돈의 힘을 잔뜩 머금은 신창 롱기누스의 몸이 가늘게 떨었다. 드디어 이프리트의 복수를 할 수 있게 되었기 때문이었다.

－ 자, 잠깐! 멈춰라 인간! 대, 대화를 하자!

유건의 창이 드래곤 하트를 부수기 직전, 그의
뇌리 속으로 다급한 더 블랙의 목소리가 들려왔
다.

"너희 세상으로 꺼져버리라고!"

혼돈의 힘을 가득 머금은 창대가 드래곤의 힘의
원천인 드래곤 하트를 꿰뚫었다.

그 순간, 엄청난 빛이 뿜어져 나왔다.

그 빛줄기가 유건의 신형 그 자체를 집어 삼켰다.

"크아아아아아아아아!"

고통에 가득 찬 드래곤의 포효가 사방으로 퍼져
나갔다.

그리고는 그 거대한 몸체가 바닥으로 떨어져 내
렸다.

힘의 원천을 상실한 이상, 더 이상 그 거대한 몸
을 유지할 수 있는 수단이 없었다.

쿠우웅!

둔중한 울림과 함께 거대한 흙먼지가 피어올랐
다.

"끄, 끝난 건가?"

깊이 파인 참호 속에서 웅크린 채 결판이 나길 기다리고 있던 박창선 소장이 밖으로 나서서 저 멀리서 피어오른 흙먼지를 바라보며 중얼거렸다.

그의 명을 받은 정찰 병력이 격렬한 싸움의 현장을 향해 달려갔다.

바닥에 아무렇게나 널브러진 채 신음을 흘려대고 있던 이능력자들은 누가 알려준 것도 아니건만, 동시에 더 블랙이라는 거대한 존재가 사라졌음을 깨달을 수 있었다.

"이겼다. 이, 이겼다아!"

비교적 상태가 양호하던 누군가의 입에서 터져 나온 외침이 진영 곳곳으로 퍼져나갔다.

"우와아아아!"

"이겼다아!"

그 환호성을 들으며 정찰 결과를 초조하게 기다리고 있던 박창선 소장이 붉은 불이 들어온 무전기를 집어 들었다.

"어, 나다. 결과는? 그래, 수고했다. 근처에 있을 요원들과 합류해서 모시고 오도록. 그래."

수화기를 내려놓은 박창선 소장이 말없이 자신을 주목하고 있던 지휘부의 사람들을 천천히 바라보며 입을 열었다.

"더 블랙의 시신을 확인했습니다. 전투가 종료되었습니다. 전 인류의 승리입니다!"

"우와아아아아!"

"드디어!"

지휘부 안에서도 뒤늦은 환호성이 흘러나왔다.

전 세계에 드넓게 퍼진 채 몬스터의 무리들을 상대하고 있던 모든 이능력자들이 동시에 환호했다.

뒤늦게 이 소식을 접한 각종 언론들이 앞 다투어 승리의 소식을 전했다.

발 빠르게 날아든 방송 헬기가 거대한 드래곤의 사체를 화면에 담았다.

이를 각자의 처소에서 지켜보고 있던 인류는 비로소 자신들이 종말의 위협에서 벗어났음을 깨달았다.

전무후무한 생존의 위협 속에서 인류는 진정으로 하나 됨을 경험할 수 있었다.

비록 적의 마법을 통해서 연결된 것이기는 했지만, 이를 통해 그들 모두는 서로가 단절된 것이 아

닌 존재의 근원으로부터 연결되어 있음을 깨달을
수 있었다.

작은 차이인 것 같았지만, 이를 통해 인류는 전에
없던 도약을 이뤄낼 수 있을 터였다.

정찰 요원들과 조우한 성희와 하루나, 그리고 장
루이는 몰골이 차마 두 눈 뜨고 보기 민망할 정도로
엉망이었다.

유건을 돕기 위해 그 격전의 한복판에 몸을 숨긴
채 한참동안을 머물렀기 때문이었다.

아마도 전투가 끝났음을 가장 먼저 알아차린 건
그들이었을 터였다.

"오, 오빠! 유건 오빠는요?"

대부분의 힘을 그를 돕는데 소진했기에, 그의 기
척을 감지 할 수 없었던 성희가 다급히 정찰 요원들
을 향해 다가가 물었다.

"아직, 그분의 모습을 발견하지 못했습니다만,
최선을 다하고 있으니 곧 소식이 들어올 겁니다."

"아, 아…!"

성희의 눈에 눈물이 가득 고였다.

왠지 모르게 다시는 그를 볼 수 없을 것 같다는
불길한 예감이 들었기 때문이었다.

복구가 한창인 유럽의 한복판.

평범한 사람들의 접근이 철저하게 통제된 그곳의
중앙에 거대한 드래곤의 사체가 누워있었다.

그 어떤 단체나, 국가가 홀로 이를 독점하지 못하
도록 범지구적인 차원에서의 협약이 체결되었고,
공통으로 연구에 참여하도록 방침을 정했다.

그리고 이를 통해 얻어내는 모든 결과는 공유되
었다.

하나로 정의하기 힘들 정도의 수많은 연구 결과
들이 발표되었다.

드래곤의 사체는 그 자체만으로도 전 인류의 보
고였다.

이렇듯 전 인류가 축제 분위기에 휩싸여 있을 때
그렇지 못한 사람들도 있었다.

"결국, 오빠의 흔적은 찾지 못한 건가요?"

"네, 최선을 다했지만 아쉽게도 그분의 흔적은 그
어느 곳에서도 찾을 수 없었습니다."

"흑, 그럼 오빠는?"

흐느끼는 그녀를 품에 안은 하루나가 그녀의 등
을 천천히 도닥거렸다.

"너도 알다시피 유건과 나는 연결되어 있잖아. 적어도 그 연결이 끊어지진 않았으니까…."

'어디로 간 건지 알 수는 없지만.'

뒷말은 속으로 삼킨 그녀가 조심스럽게 성희를 위로했다.

•   ♦   •

같은 시각.

눈부신 빛에 휩싸였던 유건은 어딘지 모를 숲속 한복판에서 눈을 떴다.

"여긴 어디지?"

충격의 여파로 어디 먼 곳으로 날아온 건가 싶었다. 다행히 생각보다 몸 상태가 나쁘지는 않았다.

그렇게 그가 몸을 살펴보고 있을 때.

쿠웅!

땅이 뒤흔들릴 정도의 강한 충격이 지척에서 느껴졌다.

무성한 나뭇잎을 제치며 모습을 드러낸 것은 다름 아닌 거대한 두 개의 뿔을 가진 이족 보행 몬스터, 미노타우르스였다.

"놀랐잖아! 이 어정쩡한 소새끼야!"

빽하고 소리를 지른 유건이 순식간에 녀석의 등 뒤로 돌아가 단숨에 목을 쳐냈다.

"꾸오?"

멍한 소리를 내던 녀석의 거대한 머리가 한참을 날아가 바닥에 떨어졌다.

그 순간 투닥 거리는 두 사람의 목소리가 들려왔다.

"아, 글쎄 이쪽에서 몬스터의 기척이 느껴졌다니까 그러네."

"그런데 지금은 아무것도 안 느껴지잖아? 너 거짓말 하는 거면 내 손에 죽는다? 앙?"

"어? 그러네? 아, 진짜! 조금 전까지는 있었다니까? 어? 내말 안 믿는 거야? 정말이었다니까?"

그렇게 앞을 가로막는 나뭇가지를 쳐내며 모습을 드러낸 것은 일남일녀였다.

"어라?"

"에?"

앞서 모습을 드러낸 것은 붉은색 야행복을 입고 있는 여인이었다. 그렇게 서로를 마주본 유건과 여인이 동시에 멍한 소리를 내뱉었다.

"월향 누님?"

"막둥이? 네가 여길 왜?"

"왜? 누가 있기에 그래?"

뒤늦게 모습을 드러낸 사내가 유건을 보고는 믿기 힘들다는 듯 눈을 비벼댔다.

"유건이 네가 왜 여기에 있냐?"

"아하하, 하하하하….."

허탈한 유건의 웃음이 고요한 숲속으로 퍼져나갔다.

<적응자 완결>